Natascha Wodin

Nastjas Tränen

Roman

Rowohlt

Für Eckhard

Благодарю Вас, милый друг
Alexander Vertinsky

Wir kamen beide zur selben Zeit nach Berlin, ich aus einem idyllischen Winzerstädtchen in der Südpfalz, Nastja aus der Hauptstadt der damals bankrotten Ukraine. Es war der dritte Sommer nach dem Mauerfall, sie war mit einem Touristenvisum unterwegs, ich hatte mich in ein neues Leben in Berlin aufgemacht, wie damals viele. Meine seit langem angeschlagene Wirbelsäule hatte mir den Umzug allerdings so übelgenommen, dass ich jemanden brauchte, der mir beim Auspacken der Umzugskisten half und meine Wohnung putzte.

Ich gab eine Annonce in der «Zweiten Hand» auf und ahnte nicht, was ich damit auslösen würde. Ab sechs Uhr am Morgen klingelte mein Telefon. Es riefen vor allem Osteuropäerinnen an, die deutlich an ihrem Akzent zu erkennen waren. Bis zu dem abgelegenen Winzerstädtchen nahe der französischen Grenze waren die seit dem Mauerfall nach Deutschland strömenden Osteuropäer noch nicht vorgedrungen, auf deutschem Territorium waren sie mir in meinem bisherigen Leben nur selten über den Weg gelaufen, jetzt stürmten sie mein Telefon in Berlin. Vor allem waren es Polinnen und Russinnen, die ihr Glück in der neuen Ost-West-Stadt mit ihrer

Goldgräberstimmung suchten. Es rief auch ein Mann an, der meine Anzeige offenbar falsch verstanden hatte und mir Dienste ganz anderer Art anbot, außerdem eine Araberin, die später in Begleitung ihres Mannes vorbeikam und sich von ihm die Kiefer aufdrücken ließ, damit ich an ihrem Gebiss erkennen konnte, wie stark sie war. Bis zum Abend wusste ich nicht mehr, wie viele Frauen ich gesprochen und gesehen hatte, wie viele Lenas, Tanjas und Katjas. Eine von ihnen konnte damit punkten, dass sie Götz Georges Hemden bügelte. Eine andere weinte ins Telefon, ich verstand nicht, was sie sagte, nur dass offenbar ihre Mutter krank war. Am zweiten Tag war ich so erschöpft von den vielen fremden Stimmen und Gesichtern, dass ich beschloss, die nächstbeste Bewerberin zu nehmen, die bei mir an der Tür läuten würde.

Die Treppe herauf kam eine sehr schmale, schüchtern wirkende Frau, die etwa fünfzig Jahre alt sein mochte, aber aussah wie ein Mädchen. Sie trug Jeans und einen Rucksack auf den Schultern, auf den ersten Blick hätte man sie für eine typische Erscheinung der Prenzlauer-Berg-Szene halten können, doch bei näherem Hinsehen verrieten das altmodische, verwaschene Blüschen und die manierliche Haarspange die Herkunft aus einem anderen Teil der Welt. Sie stellte sich als Nastja aus Kiew vor, überglücklich, dass sie mit mir Russisch sprechen konnte.

Am Anfang drang es mir gar nicht ins Bewusstsein, dass sie nach meiner Mutter die erste Ukrainerin war, mit der ich es in Deutschland zu tun hatte. Meine Mutter war 1944 als Zwangsarbeiterin nach Deutschland gekommen, eine von Millionen, die aus der Sowjetunion ins Dritte Reich verschleppt wurden und als Arbeitssklaven für die deutsche Kriegsindustrie schuften mussten. Im letzten Kriegsjahr hatte sie mich geboren und sich elf Jahre später in einem deutschen Fluss ertränkt, rechtlos, perspektivlos, zerstört von den Gewalten, in deren Mahlwerk ihr Leben geraten war. Jetzt, fast vierzig Jahre nach ihrem Tod, war für mich der Gedanken- und Gefühlsweg von ihr bis zu dieser in die Gegenwart gehörenden Ukrainerin zu weit, Nastja selbst eine zu unwirkliche Gestalt für mich. Die Grenze zwischen der westlichen und der östlichen Welt war durch mein ganzes Leben verlaufen, sie hatte sich so tief in mein Inneres eingeprägt, dass ihr Verschwinden in der äußeren Welt für mich nicht fassbar wurde. Eine Ukrainerin, die in meiner Wohnung in Berlin die Möbel abstaubte, konnte es gar nicht geben.

Eines Tages, Nastja kam schon seit zwei oder drei Monaten zu mir, legte ich eine alte, vor langer Zeit in Moskau gekaufte Schellackplatte mit ukrainischer Volksmusik auf, wehmütige, von Kopfstimmen getragene A-cappella-Gesänge aus der Herkunftswelt meiner Mutter, einer Ukraine, der ich auf meinen flüchtigen Arbeitsreisen als Dolmetscherin nie begegnet war. Ich hatte Nastja mit der Musik eine Freude machen wollen, aber stattdessen brach sie, die immer so zurückhaltend und scheinbar unbeschwert gewesen war, in Tränen aus.

So begann meine Geschichte mit ihr. Schlagartig erkannte ich in ihren Tränen das Heimweh meiner Mutter wieder, dieses grenzenlose, unheilbare Gefühl, das das

Rätsel meiner Kindheit gewesen war, das Mysterium meiner Mutter, die große dunkle Krankheit, an der sie gelitten hatte, solange ich sie kannte. Fast jeden Tag hatte ich ihre Tränen gesehen, und ich hatte immer gespürt, dass ich gegen das, was sich Heimweh nannte, keine Chance hatte, dass meine Mutter sich jeden Tag ein wenig mehr darin verlor, dass sie unentwegt im Verschwinden begriffen war, dass sie eines Tages endgültig weg sein und nur noch das Heimweh von ihr zurückbleiben würde.

Nastja war drei Jahre vor Kriegsende in einer ländlichen Kleinstadt mit einem hohen jüdischen Bevölkerungsanteil in der westlichen Ukraine geboren worden. Einst, vor der Revolution, vor dem Krieg, als die Ukraine noch als Kornkammer Europas galt, hatte der Ort inmitten endloser Weizenfelder gelegen, in denen die kleinen Dörfer und Städte zu versinken schienen. Die zwei Farben der ukrainischen Nationalflagge stehen noch heute für das Gelb genau dieser Weizenfelder mit dem Blau des Himmels darüber.

An den Krieg hatte Nastja keine Erinnerung mehr, diese Zeit kannte sie nur vom Hörensagen. Die Deutschen hatten eine einzige Bombe über dem Städtchen abgeworfen und ein größeres Wohnhaus getroffen, dessen Bewohner alle in den brennenden Trümmern umgekommen waren. Bloß eine alte Frau, die gerade zum hölzernen Plumpsklo hinter dem Haus hinausgegangen war, hatte überlebt.

Nastja wohnte mit ihren Eltern und ihrer Schwester Tanja in einem kleinen Haus am Ortsrand, in dem man im Winter noch auf dem Ofen schlafen konnte. Es gab zwar Elektrizität, aber das Wasser musste man draußen an einem Brunnen holen. Während des Kriegs waren drei deutsche Soldaten bei ihnen einquartiert gewesen, die Mutter musste für sie Essen kochen und die Wäsche waschen, aber sie sollen nett gewesen sein und der Familie Brot und andere Lebensmittel zugesteckt haben. Zur gleichen Zeit wurden in dem Konzentrationslager, das die Deutschen in dem Städtchen errichtet hatten, innerhalb eines Jahres etwa 13 000 Menschen vernichtet, vor allem ukrainische Juden, deren osteuropäische Schtetlwelt in diesem Krieg für immer unterging. Über die unbefestigten, matschigen Straßen fuhren geschlossene Lastwagen, mobile Gaskammern. Unter dem Vorwand der Evakuierung wurden Juden eingesammelt und hinter der Stadt im Innern des Wagens, in den sie gestiegen waren, mit Auspuffgas erstickt.

Als die Rote Armee zurückkehrte, entdeckte Nastjas Mutter einen deutschen Soldaten, der sich in den Johannisbeersträuchern im Garten versteckt hatte: einen etwa sechzehnjährigen Jungen, ein Kind in Uniform, das am ganzen Körper zitterte und weinte vor Angst. Sie brachte es nicht übers Herz, ihn an die Rote Armee auszuliefern, ihr Mitleid hätte sie das Leben kosten können, sie gewährte einem Kriegsfeind Unterschlupf. Zum Glück war der Junge am nächsten Tag aus dem Garten verschwunden, ohne Folgen für Nastjas Mutter.

Ihren Vater sah Nastja zum ersten Mal, als er nach Kriegsende von der Front nach Hause kam. Plötzlich stand ein großer, fremder Mann in Uniform vor der

Dreijährigen, der die Arme nach ihr ausstreckte. Ängstlich wich sie zurück. «Ich kenne dich nicht», sagte sie mit weinerlichem Stimmchen. So jedenfalls erzählte man es ihr später.

Der Hunger der Kriegs- und Nachkriegszeit hatte sie für immer geprägt. Sie reagierte auf den Hunger dieser Jahre nicht mit gesteigertem Appetit, sondern mit Appetitlosigkeit. Als Kind wäre sie fast gestorben, weil sie auch von dem Wenigen, das es noch gab, nichts essen wollte. Es schmeckte ihr nichts, allein der Geruch von Nahrung rief Widerwillen in ihr hervor. Auch Jahrzehnte später konnte sie nie mehr essen als eine Katzenportion, ihr Körper hatte sich das Verlangen nach mehr Nahrung für immer abgewöhnt, kulinarische Genüsse waren ihr weitgehend fremd. Ihrer kargen Ernährung in allen ihren Lebenszeiten verdankte sie wohl ihre schmale, mädchenhafte Figur, die sie ihr Leben lang behielt, und wahrscheinlich auch einen Teil ihrer offenbar unverwüstlichen Gesundheit und Beweglichkeit.

Ihre Eltern waren beide Pharmazeuten und führten die einzige Apotheke im Ort. Es gab nur die wichtigsten Medikamente, und auch die nicht immer. Das Gehalt reichte nicht, um jeden Tag satt zu werden. Alle hungerten, alle lebten in Elend und im Dreck. In Moskau saß ein Georgier namens Iosif Wissarjonowitsch Stalin, der das riesige Sowjetreich regierte und pausenlos nach Menschenopfern verlangte, nach immer neuen Feinden, die beseitigt werden mussten. Sein wohl fleißigster Vollstrecker war ein Mann namens Wassilij Blochin, der eifrig die täglichen, von Stalin unterzeichneten Todeslisten abarbeitete und pro Nacht in einem gekachelten Keller in Moskau zweihundertfünfzig und mehr Menschen mit seiner Dienstpistole erschoss. Wenn die Munition knapp wurde, jagte er eine Kugel durch zwei Köpfe, die er präzise hintereinander angeordnet hatte. In der gesamten Sowjetunion verschwanden zahllose Menschen in Lagern, auch in der ukrainischen Provinz wurden Nachbarn abgeholt und kamen nicht wieder. Nastja spürte immer die Angst der Erwachsenen, die Angst ihrer Eltern; alle schwiegen, duckten sich. Nur in den Küchen wurde manchmal geflüstert, aber viele waren davon überzeugt, dass der Leviathan in Moskau auch das hörte.

Nastja war ein spätes, nicht mehr erwartetes Kind ihrer Eltern, das fünfzehn Jahre nach ihrer Schwester Tanja geboren wurde. Schon früh begriff sie, dass sie ältere Eltern hatte als andere Kinder. Die Angst, sie zu verlieren, verließ sie nie, hielt ihr Kinderherz fast immer umklammert und übertrug sich in ihrem späteren Leben auf alle ihr nahestehenden Menschen, um die sie beständig in Sorge lebte. Auch ihre Angst vor dem Alleinsein wurzelte in der Verlustangst ihrer Kindheit. Wenn sie frühmorgens in ihrer Kammer hinter der Küche aufwachte und es im Haus noch völlig still war, wenn ins Fenster nur der stumme Sauerkirschbaum aus dem Garten hereinsah, fühlte sie sich umgeben vom Unheimlichen. Waren ihre Eltern vielleicht schon gestorben, lagen sie tot in ihren Betten auf der anderen Seite des kleinen Flures mit den morschen Holzdielen? Der entfernte Hahnenschrei belebte den Morgen nicht, er verstärkte nur ihr Gefühl der Verlorenheit und Angst. Ihre ältere Schwester Tanja, die immer neben ihr geschlafen hatte, war nicht mehr da, sie hatte geheiratet und war nach Kiew gezogen. Nastja war jetzt allein mit ihren Eltern, die jeden Augenblick sterben konnten. Sie waren so alt, dass viele sie für ihre Großeltern hielten. Nastja war ihr Nesthäkchen, denn ihre Mutter hatte sie so spät geboren, dass sie mehr ein Geschenk des Himmels als der Natur zu sein schien. Ein schwaches, vielleicht schon genetisch benachteiligtes Kind alter Eltern, das keine Nahrung aufnehmen wollte – nicht nur Nastja hatte Angst um ihre Eltern, sie bangten nicht minder um sie.

Einmal war sie mit ihnen in der Hauptstadt gewesen, wo sie ihre Schwester Tanja und deren Familie besucht hatten. Seitdem wünschte sie sich nichts mehr, als später einmal auch in Kiew zu wohnen, in der großen, belebten Stadt mit Schaufenstern, Straßenbahnen und vielen Menschen auf den Straßen, in einer Gemeinschaftswohnung, in der man nie allein war, weil man Tag und Nacht die Lebensgeräusche der Zimmernachbarn hörte. Hier, glaubte sie, würde sie die Angst verlieren, hier wäre kein Platz für Gespenster und Dämonen, hier wären sie verdrängt von den Menschen.

Bei ihrer Einschulung wurde sie zum «oktjabrjonok», einem Kind der Oktoberrevolution, wie alle sowjetischen Erstklässler. Sie lernte, dass sie im schönsten, freiesten, glücklichsten Land der Welt lebte und dass Stalin der beste Freund aller Kinder war. Draußen spielte sie mit den anderen Krieg, Ukrainer gegen Deutsche, Rote gegen Weiße, sie hetzten stundenlang durch die alten, vom Krieg, von den Frösten und Hitzewellen vieler Jahre zerstörten Straßen, sie versteckten sich in Gräben und hinter Büschen und schossen einander tot.

Die ganze Schulzeit hindurch war sie eine Einserschülerin, die Klassenbeste, die schwächeren Schülern bei den Hausaufgaben half, sich um die Heimkinder in ihrer Klasse kümmerte, Kinder von Alkoholikern, Kriminellen und anderen sozialen Absteigern, mit denen die meisten nichts zu tun haben wollten, obwohl die Schüler zu Hilfsbereitschaft und Selbstlosigkeit erzogen wurden – zu einem Wir, das mehr galt als das kleine Ich, was Nastjas tiefem Verlangen nach Gemeinschaft entgegenkam. Begierig wartete sie darauf, bei den Jungen Pionieren aufgenommen zu werden, sie fälschte sogar ihr Geburtsdatum, um endlich auch das rote Halstuch tragen und in den Ferien ins Pionierlager fahren zu dürfen, im Herbst zum gemeinsamen Ernteeinsatz irgendwo auf dem Land. In der örtlichen Bibliothek war sie der häufigste Gast, sie verschlang alle Bücher, die dort zu bekommen waren. Die Auswahl war nicht sehr groß, viele Bücher las sie mehrfach und träumte davon, später einmal, wenn sie in Kiew leben würde, alle Bücher zu lesen, die dort in der riesigen Staatsbibliothek auf sie warteten. Später sollte sie von sich sagen, dass sie von Beruf Leserin sei.

Ihr Brotberuf wurde Bauingenieurin. Am liebsten hätte sie Literatur am Gorki-Institut in Moskau studiert, aber dorthin führte kein Weg für sie, allein schon deshalb nicht, weil es so gut wie unmöglich war, eine Zu-

zugsgenehmigung für die Hauptstadt der Sowjetunion zu erhalten. Außerdem war das gesamte riesige Land immer noch in der Phase des Wiederaufbaus nach dem Krieg, gleichzeitig sollte es unter Lenins Motto «Kommunismus – das ist Sowjetmacht plus Elektrifizierung des ganzen Landes» aus einem Agrarstaat in einen Industriestaat verwandelt werden. Es wurden Legionen tüchtiger junger Menschen mit technischen Berufen gebraucht, in denen auch möglichst viele Frauen arbeiten sollten. Die programmatisch beschlossene Emanzipation der Frau brachte damals jede Menge Traktoristinnen, Bauarbeiterinnen und Metallurginnen hervor, aber auch Wissenschaftlerinnen und Ärztinnen. Nastja, die in der Schule auch alle mathematisch-naturwissenschaftlichen Fächer mit Bestnoten abgeschlossen hatte, wurde ein Studium der Ingenieurwissenschaften im Fach Tiefbau an der Technischen Hochschule in Kiew nahegelegt. Im Kampf gegen die katastrophale Wohnungsnot wurden in der ukrainischen Hauptstadt zu jener Zeit riesige Plattenbausiedlungen errichtet, und Nastja sollte lernen, alles für diese Bauten zu projektieren, was unter der Erde lag. Das war nicht das, was sie sich gewünscht hatte, aber nicht nur die Literatur, auch die Technik barg ein Geheimnis, das ihr Interesse weckte, und vor allem durfte sie endlich nach Kiew ziehen.

In der großen, aufregenden Gemeinschaft der Studenten fühlte sie sich vom ersten Tag an zu Hause. Im Studentenheim wohnte sie mit drei anderen Studentinnen in einem kleinen Zimmer, zwei Hochbetten, die einander gegenüberstanden – eine Enge, die Nastja nicht bedrängte, im Gegenteil: Sie war glücklich wie ein Küken im gemeinsamen Nest. Die Freundschaften, die sie während ihres Studiums schloss, behielt sie das ganze Leben.

Das Essen, das dreimal am Tag in der Mensa ausgegeben wurde, war nicht gerade schmackhaft und abwechslungsreich, fast jeden Tag gab es Kohl, Rote-Bete-Suppe oder Buchweizengrütze, aber in Gesellschaft der immer hungrigen Studenten steigerte sich auch Nastjas Appetit, sodass ihr magerer, eckiger Körper allmählich weiblichere Formen annahm. Nachts las sie im Bett, mit einer Taschenlampe unter der Decke. Endlich hatten sich ihr die Türen zu den heiligen Archiven der Weltliteratur geöffnet, das dünne Rinnsal, aus dem sie zu Hause geschöpft hatte, war jetzt ein Ozean geworden. Sie las Platon, Dante, Goethe, Shakespeare, Jules Verne, Bernard Shaw, E. T. A. Hoffmann und viele andere. Es war die Zeit der sogenannten Tauwetterperiode unter Nikita Chruschtschow, der Stalin und dessen Terrorherrschaft 1953 abgelöst hatte. Die Studenten waren in Aufbruchsstimmung, alle fühlten, dass die Leine, an der man sie seit jeher geführt hatte, etwas länger geworden war.

Im dritten Semester lernte sie Roman kennen, ihren späteren Mann. Er studierte an der Medizinischen Hochschule, ein schöner, schwarzlockiger Karäer von der Krim, der im selben Studentenheim wohnte wie sie. Er war einer, der Glück gehabt hatte: Im Krieg hatten die Deutschen auf der besetzten Krim fast die gesamte jüdische Bevölkerung ermordet, auch einen Teil der Karäer, deren rassische Zugehörigkeit damals nicht eindeutig geklärt war. Romans Familie konnte dem Massaker nur knapp entgehen, davon abgesehen war über diese Familie dasselbe hinweggerollt wie über alle anderen auch: Revolution, Bürgerkrieg, Enteignungen, Hungersnöte, Stalins Vernichtungsterror, der Überfall der Deutschen, die die größte Stadt der Krim am Schwarzen Meer, Sewastopol, in Schutt und Asche legten und unter dem Namen Theoderichshafen zu deutschem Siedlungsgebiet machen wollten. Schließlich schenkte Nikita Chruschtschow die zu Russland gehörende, vom Krieg verwüstete Halbinsel samt ihrer dezimierten Bevölkerung dem ukrainischen Brudervolk. Für den damals sechzehnjährigen Roman spielte es keine Rolle, ob er Russe oder Ukrainer war, er blieb Sowjetbürger, aber eines noch fernen Tages sollte dieser historische Transfer schwerwiegende Folgen für ihn haben: Nach der Abspaltung der Ukraine von Russland forderte Wladimir Putin Chruschtschows großzügiges Geschenk zurück und gliederte die Krim gewaltsam wieder an Russland an. Seitdem konnte Roman, der in Kiew lebte, seine Heimat mit den dort noch lebenden Verwandten und Freunden nicht mehr besuchen, weil die ukrainische Regierung ihren Bürgern verbot, auf die von Russland annektierte Halbinsel zu reisen.

Roman wurde 1938 in Bachtschyssaraj geboren, einer kleinen, sagenumwobenen Stadt in einem weiten Tal des Krimgebirges. An den Hängen wuchsen die Trauben für den berühmten Krimsekt, Berberitzensträucher und Feigenkakteen. Das Haus, in dem er mit seinen zwei Geschwistern groß wurde, stand direkt gegenüber dem Khan-Palast, einst Sitz der Herrscher über die Krimtataren, ein märchenhaftes architektonisches Ensemble, zu dem der sogenannte Tränenbrunnen gehörte, aus dem seit fast zweihundert Jahren unentwegt zwei Wassertropfen auf eine Rose fielen – die unvergängliche, in Marmor gemeißelte Trauer eines Khans um seine verstorbene junge Frau. Der tägliche Blick aus den Fenstern auf den Tatarenpalast war die einzige Besonderheit des Hauses, in dem der junge Roman sein Leben auf der Krim verbrachte. Im Übrigen bestand es aus verwahrlosten Gemeinschaftswohnungen, in denen mehrköpfige Familien wie in den meisten sowjetischen Altbauten in einem einzigen Zimmer zusammengepfercht waren. Während seiner gesamten Kindheit und Jugend schlief er hinter einem großen Schrank, auf dem sich Kisten und Koffer bis zur Decke türmten, was die Illusion eines eigenen Zimmers schuf. Seine beiden jüngeren Geschwister schliefen hinter einem Vorhang am anderen Ende des Zimmers, in der Mitte hatten die Eltern ihr schmales Nachtlager, am Tag fand in diesem Mittelteil des Zimmers das Familienleben statt.

Romans Vater war Augenarzt im Bezirkskrankenhaus, die Mutter Buchhalterin auf einem staatlichen Weingut. In der Nachkriegszeit, als jeder Lebensmittelladen leer und auch die Natur von den hungrigen Menschen schon geplündert war, musste Roman die Schule unterbrechen und zwei Jahre lang die Kühe einer Tante hüten, die in einem Gebirgsdorf in der Nähe eine armselige Landwirtschaft betrieb. Dafür wurde er mit den Mehlresten vom Brotbacken entlohnt, mit kleinen Portionen Butter und Quark. Ab und zu gelang es dem Vater, etwas Traubenzucker oder Ascorbinsäure für seine Kinder aus dem Krankenhaus zu schmuggeln, wofür man ihn wahrscheinlich erschossen hätte, wenn es herausgekommen wäre.

Nach dem verspäteten Abschluss der Zehnklassenschule musste Roman den obligatorischen dreijährigen Armeedienst absolvieren, er wurde zur Marine eingezogen, die als die brutalste Truppengattung des sowjetischen Militärs galt. Der unmenschliche Drill, der die jungen Männer brechen sollte, bewirkte bei ihm das Gegenteil, er machte ihn widerspenstig, unbestechlich und resistent gegen jede Obrigkeit. Er hatte eine sehr innige Beziehung zu seinem Vater und wusste schon als Kind, dass auch er Arzt werden wollte; später erstrebte er das umso mehr, als es ein unpolitischer, ideologiefreier Beruf war, in dem er sich dem System weitgehend entziehen konnte. Auch wenn Ärzte sehr schlecht bezahlt wurden und es in der rückständigen medizinischen Praxis an fast allem fehlte, was man zur Behandlung kranker Menschen brauchte.

Er machte das Grundstudium an der Universität von Simferopol, wo es eine angesehene medizinische Fakultät gab. Als er nach sechs Semestern nach Kiew ging, um sich in urologischer Chirurgie ausbilden zu lassen, ließ er in Bachtschyssaraj ein Mädchen zurück, Alsu, das in der Kindheit seine Spielgefährtin gewesen war und das er schon damals hatte heiraten wollen, eine Tochter tatarischer Eltern, die der massenhaften, durch Stalin angeordneten Deportation der Krimtataren während des

20

Zweiten Weltkriegs hatten entgehen können – Überlebende wie seine eigenen, jüdischen Eltern auch. Er war ein Mädchenschwarm, aber Affären hatten ihn nie interessiert, er blieb Alsu immer treu. Sein Lebensplan sah vor, dass er nach Abschluss seines Studiums auf die Krim zurückkehren würde, um seine Arbeit als Arzt in einer Klinik in Simferopol oder Sewastopol aufzunehmen und Alsu zu heiraten, die ebenfalls angehende Ärztin war.

Die Begegnung mit Nastja veränderte alles für ihn. In ihr erkannte er auf den ersten Blick diejenige, die er immer gemeint hatte. Sie war nicht weniger umschwärmt als er, einen ihrer Verehrer hatte sie bereits in die engere Wahl gezogen, aber bei Roman brauchte sie nicht abzuwägen, bei ihm war sie sich sofort sicher. Allen, die die beiden zusammen sahen, war klar, dass sie füreinander bestimmt waren, aber letztendlich entschied Alsu. Fast zeitgleich war auch sie aus ihrer Kinderliebe erwacht und schrieb ihm, dass sie sich in einen anderen verliebt habe. Sie ahnte nicht, wie erlösend diese Nachricht für ihn war.

Zu Nastjas schönsten Erinnerungen gehörten die Motorradtouren mit Roman. Er besaß eine schwere, noch aus der Vorkriegszeit stammende Maschine, auf der er von der Krim in die Hauptstadt gekommen war und die er immer wieder mit viel Phantasie reparierte. Sie spie blauschwarze Wolken aus und machte ein infernalisches Geräusch, aber wenn Nastja auf dem Rücksitz saß, festgeklammert an Romans Oberkörper, angeschmiegt an seinen Rücken, war ihr, als hätte sie den Schweif des

Feuervogels zu fassen bekommen, der sie mit Roman durch die Lüfte trug. Sie brausten in die Karpaten, zu Nastjas Eltern aufs Land, zu Romans Eltern auf die Krim. In Kiew hatten sie kaum je Gelegenheit, allein zu sein, aber das Motorrad brachte sie immer schnell an Orte, wo endlich niemand mehr über sie wachte, wo keiner war außer ihnen.

Die Fahrten nach Bachtschyssaraj waren ein abenteuerliches Unterfangen auf den damaligen Straßen, die durch kaum erschlossene, wilde Gegenden führten, doch am Ende des Weges wurde Nastja reich belohnt. Die Krim war eine andere Welt, hell und warm, eine Welt am Meer, das sie vorher nie gesehen hatte. Schon als Kind hatte es sie immer ans Wasser gezogen, an Flüsse und Seen, sie sagte von sich, sie sei eigentlich nicht als Mensch, sondern als Fisch geboren worden. Das Meer mit seiner Urgewalt war eine Offenbarung für sie, es wurde zu ihrem Sehnsuchtsort.

Nie sonst waren Nastja und Roman so lange allein wie beim Zelten am Strand. In ihren Wohnverhältnissen in Kiew war ihnen das Alleinsein nicht nur während der Studentenzeit, sondern auch später nur sehr selten möglich. Wenn sie auf die Krim fuhren, was sie so oft wie möglich taten, fuhren sie in die Freiheit. Alle paar Tage besuchten sie Romans Eltern, dort konnten sie duschen und etwas Warmes essen, dann fuhren sie zurück in die Wildnis, wo ihr Zelt stand – an einem abgelegenen Ufer des Schwarzen Meeres mit seinen atlantisch dröhnenden Wellen, in die Nastja sich nicht oft genug hineinwerfen konnte. Hier waren sie nicht nur allein, sondern für kurze Zeit auch unsichtbar für das Auge des Staates, die allgegenwärtige Instanz, der ein Sowjetbürger in seinem normalen Alltag nie entrinnen konnte.

Nach dem gleichzeitigen Abschluss ihres Studiums heirateten sie auf dem Standesamt in Kiew und traten beide ihre ersten Arbeitsstellen an: Roman als Praktikant in der Chirurgie einer Klinik, Nastja als Mitarbeiterin beim Städtischen Baukombinat, das die Bauvorhaben der gesamten Stadt plante und ausführte. In den ersten Monaten, in denen sie am Zeichenbrett die Rohrleitungssysteme für Neubauten entwarf, wohnte sie selbst mit Roman in einem uralten ausrangierten Güterwagen aus Holz. Normalerweise kamen junge Paare nach der Hochzeit in einer der elterlichen Wohnungen unter, aber da Nastja und Roman ihr Leben weder in der ukrainischen Provinz noch auf der Krim führen, sondern in Kiew bleiben wollten, mussten sie angesichts der aus allen Nähten platzenden Stadt froh sein, dass man ihnen das überhaupt erlaubt und eine Bleibe angeboten hatte.

Der Güterwagen war ihr eigenes kleines Haus, das auf Rädern stand und über eine schmale Eisentreppe zu betreten war. Früher wurden in dem Güterwagen Zuckerrüben transportiert, der faulig-süße Geruch hatte sich für die Ewigkeit in das feuchte, morsche Holz gefressen. Es zog durch die Ritzen, natürlich gab es weder Strom noch Wasser, allerdings einen Kanonenofen mit einem Rauchabzug direkt nach draußen, an dem sie sich ein wenig wärmen konnten – sofern sie in der Umgebung etwas gefunden hatten, das sich verheizen ließ.

Duschen und Wasser holen durften die beiden in der Klinik, in der Roman arbeitete und auf deren Gelände der morsche Wagen stand. Die Geschäfte waren leer wie immer, viel mehr als das, was Nastja und Roman einmal am Tag in ihren jeweiligen Kantinen bekamen, hatten sie nicht zu essen. Die liberale Chruschtschow-Ära war inzwischen vorbei, ein Ukrainer mit buschigen Augenbrauen namens Leonid Breschnew war 1964 Erster Sekretär des Zentralkomitees der KPdSU geworden und fror das Leben im Sowjetreich für lange Zeit ein.

Als Nastja schwanger geworden war und der Geburtstermin schon näher rückte, wurde dem Paar ein Zimmer in einer Gemeinschaftswohnung zugeteilt. Das Zimmer war nicht viel größer als der Güterwagen und ging auf einen engen, dunklen Hof hinaus, aber es hatte eine Zentralheizung und elektrisches Licht. Morgens standen sie mit den Nachbarn vor der Toilette Schlange, jeder mit seinem eigenen Klopapier. Abends hantierten oft fünf Frauen gleichzeitig in der Küche, unter ihnen Rosa Abramowna, eine stark schielende alte Jüdin, die die Deutschen im Krieg übersehen hatten. Man sah sie auch beim Kochen nie anders als mit einer Papirossa zwischen den Zähnen, die sie selbst dann nicht herausnahm, wenn sie mit ihrem gutturalen R die gesamte Welt verfluchte, insbesondere ihre Mitbewohner.

Nach der Geburt ihrer Tochter Vika wurde Nastja mit Haut und Haar eingesogen in das kollektive Schicksal der sowjetischen Frauen. Man hatte ihnen, obwohl sie bis vor kurzem noch Analphabetinnen und Mägde gewesen waren, zu studieren und in fast allen Berufen zu arbeiten ermöglicht, aber zusätzlich mussten sie weiterhin ganz selbstverständlich die traditionelle Frauenrolle ausfüllen, Mutterschaft mit Berufstätigkeit vereinbaren und allein die unmenschliche, fast biblische Mühsal des sowjetischen Alltags bewältigen, immer konfrontiert mit dem Fiasko der Mangelwirtschaft. Annähernd dreißig Jahre lebte Nastja so, eine Zeit, die ihr vorkam wie ein endloses, nie stillstehendes Rotationsband, ein nie abreißender Strom aus grauem, betäubendem Einerlei, aus dem es kein Entrinnen gab. Frühmorgens das schreiende Kind in der Krippe abgeben, dann, halb totgedrückt von den Massen in der Metro, ins Büro hasten, wo sie bald leitende Ingenieurin geworden war. Täglich acht Stunden und länger Kampf mit Misswirtschaft und Desorganisation, mit den oft unüberwindbaren Schwierigkeiten der Materialbeschaffung. Nach der Arbeit bei jedem Wetter das Schlangestehen vor den Geschäften, in deren Schaufenstern meist nur große Pyramiden aus Mayonnaisegläsern zu bestaunen waren. Außer Brot waren Mayonnaise und Nudeln das Einzige, was es immer gab, nach allem, was man zusätzlich brauchte, musste man sich anstellen, manchmal stundenlang, man musste es «erstehen», auch so einfache Dinge wie Kartoffeln und Mehl. An Obst, Gemüse, Zucker und vieles andere war meist nicht zu denken, es war Glückssache, wenn man einmal Blumenkohl, Tomaten oder gar Orangen ergattern konnte. Auf den Privatmärkten war fast alles zu haben, aber kaum jemand konnte die Preise bezahlen, die um ein Vielfaches höher waren als in den staatlichen Geschäften. Sobald Nastja mit den schweren Taschen dann das Kind abgeholt hatte und zu Hause war, musste sie in Eile mit dem Kochen beginnen. Das sehnige Fleisch von den Knochen lösen und durch den Wolf drehen, halb verfaulte Kartoffeln schälen, holzigen Kohl schneiden, nach dem Essen das Kind versorgen und ins Bett bringen, Geschirr spülen, Windeln waschen und über Nacht auf die Leine unter der Zimmerdecke hängen, bügeln, flicken, nie auch nur annähernd fertig werden mit allem, was zu tun war. In dem schmalen Bett, das sie mit Roman teilte, noch ein paar Seiten lesen, dann für fünf, sechs Stunden in bleiernen Schlaf fallen, am nächsten Tag alles von vorn. Die Luft stand still im Land, alles trat auf der Stelle, war wie für die Ewigkeit steckengeblieben in einem bodenlosen Morast.

Die Tochter Vika war ein schwieriges, verschlossenes Kind. Sie wehrte sich jeden Tag mit Händen und Füßen gegen den Kindergarten, in den Nastja sie bringen musste. Der Drill, den sie zu Hause nicht gewohnt war, die verschüchterten und zugleich aggressiven Kinder mit dem schmutzgrünen Rotz auf der Oberlippe, die dicke bläuliche Milchhaut auf dem kalten Grießbrei, der Brechreiz erzeugende Geruch nach Desinfektionsmitteln – die Ukraine blieb immer dieser Kindergarten für sie, ein verhasstes, ihr zutiefst fremdes und feindseliges Land, in dem sie auch später, als Erwachsene, nie Fuß fassen konnte.

Gleich nach der Heirat hatten Nastja und Roman sich auf die Warteliste für eine Wohnung setzen lassen, nach über zehn Jahren waren sie endlich an der Reihe. Sie konnten für einen geringen Betrag eine kleine Genossenschaftswohnung kaufen – anderthalb Zimmer mit einer winzigen Küche, einem winzigen Bad und einem kleinen Balkon im vierzehnten Stock eines Plattenbaus, der zu einer riesigen Neubausiedlung namens Obolonj gehörte, was so viel wie Flussaue hieß. Es war eine der typisch osteuropäischen, geisterhaften Trabantenstädte, die aus der Ferne wirkten wie riesige, in den Horizont ragende Gebilde aus Legobausteinen. Zu Nastjas großer Freude lag das Haus direkt am Dnepr, der an dieser Stelle mächtig anschwoll und manchmal, wenn das andere Ufer im Dunst verschwand, aussah wie das Meer.

Sie wohnte jetzt an ihrem geliebten Wasser, aber darüber hinaus war die Vorstellung, den Rest des Lebens an diesem Ort zu verbringen, eher deprimierend. Im Sommer herrschten in der Wohnung, in der alle Fenster nach Südwesten zeigten, tagsüber die Temperaturen eines Schmelzofens, abends konnte man zwar auf dem Balkon sitzen und beobachten, wie die brennend rote Sonnenkugel im Dnepr versank, aber dafür hatte Nastja nur selten Zeit. Im Winter wurden die Heizkörper oft nicht warm, es blieben die Gasflammen des Küchenherdes, an denen man sich zumindest die Hände wärmen konnte. Ständig fiel der Strom aus, Kerzen für die Notbeleuchtung waren Mangelware. Auch das Wasser konnte jeden Moment versiegen, zum Beispiel dann, wenn Nastja gerade unter der Dusche stand und sich das Haar einshampooniert hatte.

Zeitweise lebten sechs Personen auf den achtunddrei-
ßig Quadratmetern dieser einzigen Wohnung, die Nastja
in Kiew gehabt hatte. Als die schöne Vika mit neunzehn
Jahren einen trunksüchtigen Taugenichts heiratete, zog
er zu ihr, weil bei seinen Eltern noch weniger Platz war
als bei denen seiner jungen Frau. Schon ein halbes Jahr
später musste ein Kinderbett in dem halben Zimmer auf-
gestellt werden, in dem das Paar wohnte – Nastjas und
Romans Enkel Slawa wurde geboren. Und schließlich
holte Nastja noch ihre alte, verwitwete Mutter aus der
Provinz zu sich, weil diese nach dem Tod ihres Mannes
allein nicht mehr zurechtkam.

Mit Roman lebte Nastja sich mit den Jahren immer weiter auseinander. Beide begannen, aus den erdrückenden
Lebensverhältnissen in kurzlebige Affären zu flüchten,
weil sie die innere Enge, in die sie durch die äußere getrieben wurden, nicht mehr aushielten. Auch auf die
Krim fuhren sie nun nicht mehr. Romans Eltern waren
gestorben, und das Motorrad hatte endgültig seinen
Geist aufgegeben. Sie hätten einen Ferienscheck für die
Krim beantragen können, aber wäre ihnen ein solcher
zugeteilt worden, hätten sie zwei Wochen in einem Fe-
rienheim für Werktätige verbringen müssen, mit Kan-
tinenessen, Hausordnung und einem von wildwütigen
Massen belagerten Strand.

Ihr einziger gemeinsamer Freiraum war jetzt eine
kleine, primitive Datscha, die Roman in einer Ferien-
kolonie hinter Kiew zusammengezimmert hatte. Dort
verbrachten sie seitdem ihre Ferien und fast jedes Wo-

chenende in der warmen Jahreszeit. Das Leben spielte sich draußen im Garten ab, wo in der fruchtbaren ukrainischen Schwarzerde Erdbeeren, Himbeeren, Kartoffeln, Gurken, Dill und Tomaten wuchsen. Der Dnepr war auch hier gleich nebenan, es gab zu jener Zeit noch reichlich Fisch in den Flüssen, und Roman war ein leidenschaftlicher Angler geworden, der stundenlang allein am Wasser saß. Abends wurden die Brassen, Karauschen und Schleien, die er fing, über einem offenen Feuer gebraten, und Nastja konnte nach Herzenslust schwimmen. Sie hatte keine Angst vor den unberechenbaren Strömungen und Strudeln des Dnepr, obwohl in der Ukraine jedes Jahr viele Menschen beim Baden in Flüssen ertranken, aber ihr konnte im Wasser nichts passieren, im Wasser war sie in ihrem Element.

Oft kamen Freunde auf die Datscha, ehemalige Kommilitonen, Arbeitskollegen oder Nachbarn, sie alle gehörten zu ihrem Leben, bildeten eine Familie, in der sich jeder auf jeden verlassen konnte. Nastja besaß eine große Begabung für Freundschaften und war reich beschenkt mit Menschen, die ihre Nähe suchten und sie liebten. Kam es einmal vor, dass sie einen Tag oder eine Nacht allein auf der Datscha war, kroch wieder die alte Kinderangst in ihr Herz. Sosehr die Enge sie oft bedrängte, so gern sie eine Weile mit sich und einem Buch allein blieb – sie war keine Einzelgängerin, sie brauchte Menschen um sich, die Gemeinschaft, das Rudel.

Den Glauben an den Sozialismus, von dem sie in ihrer Kindheit und Jugend beseelt gewesen war, hatte sie längst verloren. Ihr war klargeworden, dass man sie ihr Leben lang belogen und betrogen hatte, dass die von der Partei versprochene lichte Zukunft niemals kommen konnte, weil es eine Diktatur war, in der sie lebte – das gesamte Volk und jeder Einzelne gehörten dem Staat, der mit seinem Besitz machte, was er wollte. Man hatte sie alle einer Idee geopfert, der Idee vom neuen Menschen, zu dessen Erschaffung Millionen anderer aus dem Weg geräumt, in den Gulag verschleppt und ermordet werden mussten, obwohl niemand sagen konnte, was das war, der neue Mensch, und inzwischen ging es auch längst nicht mehr darum. Niemanden mehr kümmerte der Sozialismus als Vorstufe zum Ideal des Kommunismus, niemand mehr sah die allgegenwärtigen roten Transparente mit den optimistischen Losungen in den Straßen, nicht einmal diejenigen, die sie aufgehängt hatten; es drehte sich nur noch um den Schein, um den Erhalt der Macht über die desillusionierte, demoralisierte Masse. Am meisten schmerzte es Nastja, dass sie nie Paris sehen sollte, Rom, das Mittelmeer, Heines Lorelei, Dostojewskis Baden-Baden. Man hatte ihr, wie Anna Achmatowa es ausgedrückt hatte, die Welt gestohlen.

Mittlerweile war in Moskau Michail Gorbatschow an der Macht, Wörter wie Glasnost und Perestrojka, Transparenz und Umgestaltung schienen ein neues Zeitalter einzuläuten, aber noch konnte Nastja sich nicht vorstellen, wie nah der Tag war, an dem die Sowjetsterne, die Hammer-und-Sichel-Symbole und marmornen Köpfe heiliger sowjetischer Führer und Helden zertrümmert auf Kiews Straßen liegen würden, in welch kurzer Zeit von der Erdoberfläche verschwinden sollte, was für die Ewigkeit gedacht war.

Der Zerfall der Sowjetunion im Jahr 1991 bedeutete auch das Ende der Ukrainischen Sozialistischen Sowjetrepublik. Die Ukraine riss sich los von Russland und schlug, unabhängig geworden, den Weg zur freien Marktwirtschaft ein, die viele so lange ersehnt hatten. Das führte zunächst aber dazu, dass einem Großteil der Bevölkerung schon bald keine Gehälter mehr ausbezahlt werden konnten, die Staatskasse war leer. Auch Nastja bekam ihr Gehalt immer seltener, monatelang arbeitete sie umsonst, den letzten Lohn überreichte man ihr, der leitenden Tiefbauingenieurin, nach über fünfundzwanzig Jahren Dienstzeit im größten Baukombinat der Ukraine in Form eines kleinen Sackes Reis.

Zu dieser Zeit hatte Nastja alles verloren. Sie war allein geblieben mit einem hungrigen Kind. Ihre Mutter war schon vor etlichen Jahren gestorben, ihre Tochter, deren Mann gleich nach der Geburt des Kindes das Weite gesucht hatte, lebte inzwischen ohne Aufenthaltserlaubnis in den Niederlanden, die Ehe mit Roman war an den Zumutungen des Alltags zerbrochen. Viele Paare waren dazu gezwungen, auch nach der Scheidung in ihrer bisherigen gemeinsamen Wohnung zusammenzuleben, weil eine Wohnalternative fehlte, aber diese besondere Form der Folter war Nastja und Roman erspart geblieben. Er hatte eine andere Frau kennengelernt und war nach der Scheidung zu ihr gezogen. Nastja war nur Slawa geblieben, der sechsjährige Enkel, den ihre

Tochter bei ihr zurückgelassen hatte, aber wie sollte sie den ernähren, da sie keine Arbeit mehr hatte und selbst hungerte?

Die Vorräte in ihrem kleinen Lebensmittelschrank waren schnell aufgebraucht, zuletzt der Reis, den sie jeden Tag in winzigen Portionen gekocht und Slawa mit ein paar Tropfen Sonnenblumenöl zu essen gegeben hatte. Nachdem auch ihre kleine Rücklage fast über Nacht der Hyperinflation zum Opfer gefallen war, war sie mittellos. Nichts hatte sie als Sowjetbürgerin für ihr Leben weniger erwartet als das. Sie hatte nie viel besessen, aber immer ihr Auskommen gehabt und nie daran gezweifelt, dass das bis zum Ende ihres Lebens auch so bleiben würde, eine bescheidene Versorgung von der Wiege bis zum Grab. Nun ahnte sie, was ihre Mutter durchgemacht hatte, als sie in den Kriegs- und Nachkriegsjahren ihre Kinder hungrig ins Bett schicken musste. Nastjas Enkel Slawa war sehr tapfer, er fühlte sich verpflichtet, seine Großmutter zu trösten, aber er wurde immer dünner und anämischer, nachts wimmerte er vor Hunger in seinem Bett. In den Geschäften gab es jetzt Dinge, die es nie zuvor gegeben hatte, doch es war Importware zu unbezahlbaren Preisen.

Nastja hätte jede Arbeit angenommen, so schäbig und schlecht bezahlt auch immer sie gewesen wäre. Sie lief durch die Stadt und bot ihre Dienste an, aber niemand brauchte sie. Alles ging in die Brüche, überall wurden Menschen entlassen und nirgends neue eingestellt. Auch die Kollegenfamilie, mit der sie fünfundzwanzig Jahre lang durch dick und dünn gegangen war, fiel langsam auseinander, jeder hatte mit sich selbst zu tun, jeder musste ums eigene Überleben kämpfen.

Das neue Zauberwort war «Business», die Zukunft lag im Unternehmertum. Nastja versuchte es mit dem Verkauf von Piroggen, die sie mit Pilzen aus dem Wald füllte, sie versuchte es mit Näharbeiten, indem sie alte Kleider auftrennte und auf ihrer Nähmaschine mit Tretantrieb Modelle aus einem französischen Modejournal nachnähte. Einmal gelang es ihr tatsächlich, ein Kleid an eine ihrer früheren Kolleginnen zu verkaufen. Die hatte mit ihrem Mann den ersten Kopierladen der Ukraine eröffnet und konnte gut davon leben. Später hörte Nastja, dass das Ehepaar eines Morgens vor der Tür seines Ladens von zwei fremden, bewaffneten Männern erwartet wurde. «Gehen Sie wieder nach Hause», sagten sie, «das Geschäft gehört jetzt uns.» Solche Dinge passierten nicht selten. Die Polizei schritt nicht ein, sie war gekauft. Alle waren gekauft. Das Land gehörte jetzt Leuten, die sich Oligarchen nannten.

Zum Glück gab es Roman. Er bekam sein Gehalt auch nicht mehr regelmäßig, aber er konnte Nastja wenigstens ab und an etwas Geld geben, damit sie Kefir und Buchweizengrütze für das Kind kaufen konnte. Zuweilen konnte sie nur auf eine milde Gabe, auf eine Essenseinladung von Freunden hoffen, die aber auch alle nichts mehr hatten. Alle versuchten zu verkaufen, was sie noch besaßen. Nastja verkaufte ihr Besteck, ihr Geschirr, ihre Bücher, ihren guten Wintermantel mit dem Fuchskragen. Man hörte von Leuten, die sogar eine ihrer Nieren verkauften, um das Geld in Nahrung umzusetzen.

Sie musste jetzt oft an Dostojewskis «Brüder Karamasow» denken, an das Gespräch zwischen dem spanischen Großinquisitor und Christus, der zum zweiten Mal auf die Erde gekommen war, um den Menschen die Freiheit zu bringen, und zum zweiten Mal zum Tod verurteilt wurde, weil, so der Großinquisitor, es für den Menschen und die menschliche Gemeinschaft niemals und nirgends etwas Unerträglicheres gegeben habe als die Freiheit. War das so? War sie, Nastja, jetzt zum ersten Mal in ihrem Leben frei? Bestand Freiheit, die sie so ersehnt hatte, etwa darin, dass man keinen Schutz mehr besaß, dass man niemanden mehr etwas anging, dass es für niemanden mehr eine Rolle spielte, ob man am Leben blieb oder starb?

In ihr begann ein Plan zu reifen. Ihre Schwester Tanja lebte schon seit mehreren Jahren in Deutschland. Sie war mit einem Juden verheiratet gewesen, ihre Söhne hatten aus der Sowjetunion nach Deutschland ausreisen dürfen, weil sie ebenfalls als Juden galten, und Tanja hatte ihnen nach dem Tod ihres Mannes im Zuge der Familienzusammenführung folgen dürfen. Nach Krieg und Holocaust hatte sich die Situation der noch lebenden Juden in der Sowjetunion kurzzeitig verbessert, aber schon bald war der alte sowjetische Antisemitismus wieder aufgeflackert. Mit dieser Diskriminierung ging allerdings ein singulärer Vorteil einher: Juden durften aus der Sowjetunion ausreisen. Während die einen versuchten, ihr Jüdischsein zu verbergen, um Diskriminierungen zu entgehen, unternahmen andere die größten Anstrengungen, in ihrer Familiengeschichte eine jüdische Großmutter oder Urgroßmutter zu finden, ein noch so winziges jüdisches Zweiglein in ihrem Stammbaum, das ihnen die Ausreise in den Westen ermöglichen sollte.

Früher hatte Deutschland nicht nur Juden aufgenommen, sondern jeden Sowjetbürger, der es über die Grenze schaffte, denn jeder galt als Opfer des kommunistischen Systems. Jetzt, da es dieses System nicht mehr gab und die Bewohner des zerfallenen Sowjetreiches niemand mehr festhielt, da sie jederzeit ausreisen konnten, wohin immer sie wollten, ließ man sie auf der Welt fast nirgends mehr herein. Dennoch hatte Nastja von Leuten gehört, denen es gelungen war, ein Touristenvisum für Deutschland zu bekommen. Sie hatten dort ein paar Wochen lang gearbeitet und waren mit einer Geldsumme zurückgekehrt, von der man in der Ukraine ein halbes Jahr leben konnte.

Sie setzte sich mit ihrer Schwester in Verbindung, die in Berlin lebte, und erzählte ihr von der Idee. Deren Verwirklichung hing von zwei Dingen ab: Sie musste das Geld für eine Zugfahrt nach Berlin auftreiben, und sie brauchte jemanden, der für die Dauer ihres Aufenthalts in Deutschland für sie bürgte und, im Krankheitsfall, die Kosten für ihre Behandlung übernehmen würde. Ihre Schwester konnte das nicht tun, sie lebte von Sozialhilfe. Eine Bürgschaft ihrer Söhne hätte man angesichts der bescheidenen materiellen Verhältnisse, in denen auch sie lebten, ebenfalls nicht akzeptiert, aber einer von ihnen kannte einen Russen, der deutsche Gebrauchtwagen über die Grenze brachte und sie in Russland verkaufte.

Dieser Mann, ein gewisser Artjom, hatte eine dauerhafte Aufenthaltserlaubnis für Deutschland, er konnte ein sehr solides Einkommen vorweisen und war bereit, die Bürgschaft für die Tante seines Freundes zu übernehmen.

Unter Vorlage dieser Bürgschaft, die Nastja aus Moskau zugeschickt worden war, ging sie zur deutschen Botschaft in Kiew. Nach stundenlangem Anstehen in einer Warteschlange, die von Uniformierten überwacht wurde, durfte sie ihren Visumsantrag abgeben, und wenige Wochen später, nachdem sie wieder ein paar Stunden in der Warteschlange gestanden hatte, diesmal völlig durchnässt von einem Platzregen, stempelte man das Visum in ihren Pass. Sie durfte nach Deutschland einreisen und vier Wochen bleiben. Es waren nur ein Stempel und ein kleines, unscheinbares Stück Papier mit ihrem Foto – das war alles, was man brauchte, um den Sprung auf die andere Seite der Welt zu schaffen, die irgendwann einmal zu sehen sie schon lange nicht mehr gehofft hatte.

Alles konnte noch daran scheitern, dass sie das Geld für die Reise nicht würde auftreiben können, aber es gelang ihr, sich die Summe in kleinen Beträgen bei ihren Freunden zusammenzuborgen. Jeder gab sein Scherflein, als würde Nastja stellvertretend für alle auf die Reise in die andere, immer noch legendäre Welt gehen. Den gemeinsamen Enkel Slawa nahm für die Zeit ihrer Abwesenheit Roman in seine Obhut.

An einem heißen Julitag im Jahr 1992 stieg sie auf dem Kiewer Hauptbahnhof in den Zug nach Berlin. Sie reiste mit leichtem Gepäck, wie sie immer gereist war, nur mit ihrem Rucksack auf den Schultern. Hinter Lwiw verließ sie zum ersten Mal in ihrem Leben das Territorium der einstigen Sowjetunion. Der erste deutsche Bahnhof war Frankfurt/Oder, der zweite Berlin-Lichtenberg. Unter den Wartenden auf dem Bahnsteig entdeckte sie ihre Schwester Tanja, die sie etwa sechs Jahre nicht mehr gesehen hatte. Sie hatte nie eine enge Beziehung zu ihr gehabt, dazu war nicht nur der Altersunterschied zwischen den Schwestern zu groß, sie hatten auch im Wesen nicht viel gemeinsam. Tanja war fülliger geworden während der Jahre in Deutschland und hatte weiße Haare bekommen, die sie als Bubikopffrisur trug.

Auf dem kurzen Weg zur U-Bahn sah Nastja überall die ihr von zu Hause so vertrauten Plattenbauten, als wäre sie von der ukrainischen in eine deutsche Obolonj gekommen. Nur dass hier viele der Hochhäuser von Baugerüsten umspannt waren und die Straße im Donner der Presslufthämmer bebte. Von weiter her streckten Baukräne ihre riesigen Arme nach den Wolken aus. Auch in der staubigen Luft war etwas Heimatliches: der Geruch nach den Abgasen osteuropäischer Autos, die kurzatmig keuchend vorüberholperten, während die glänzenden Westwagen geräuschlos über den Asphalt schwebten. Ständig musste man hier Baugruben ausweichen und darauf achten, dass man nicht in einen der vielen Hundehaufen trat. Der alte, rissige Teerasphalt des Trottoirs schmolz in der sengenden Mittagshitze. Es war einer der Sommer, von denen man zu sagen pflegte, es sei der heißeste, den man je erlebt habe. Nastja sah alles wie durch Nebel. Sie war erschöpft und betäubt von der vierundzwanzig Stunden langen Bahnfahrt, auf der sie kaum geschlafen hatte.

Tanja wohnte im Wedding, direkt an der Schnittstelle zwischen dem östlichen und westlichen Teil der Stadt. Bis vor ein paar Jahren hatte sie aus den Fenstern ihrer Wohnung auf die nach Westen hin bunt bemalte Mauer geschaut, dahinter die graue, trostlose Verlängerung der Welt, die einst die ihre gewesen war. Ganz vorne sah man auch jetzt noch die schmutzige Rückseite eines Hauses, dessen Fenster in der DDR zubetoniert worden waren, damit die Bewohner nicht in den Westen hinüberschauen oder gar durch die Fensteröffnungen auf die andere Seite der Mauer gelangen konnten.

Die Wohnung befand sich in einer riesigen Betonburg westlichen Zuschnitts, auf deren Klingelschildern außer ein paar türkischen fast nur osteuropäische Namen zu finden waren. Hier, in enger Nachbarschaft mit Aldi, Obi und Schlecker, bezahlte das Sozialamt ihr eine Einzimmerwohnung mit Küchenzeile, Dusche und einem kleinen Balkon. Sie hatte einen Kühlschrank, eine vollautomatische Waschmaschine und einen Fernseher, der auch zwei russische Programme empfing. Das Mobiliar stammte von der Caritas – Überbleibsel irgendeines unbekannten deutschen Lebens, das jetzt in Tanjas Wohnung seine letzten Dienste tat. Es gab eine Couch, auf der Nastja schlafen konnte, das Bett ihrer Schwester stand in einer dafür vorgesehenen Nische des Zimmers.

Tanja hatte ukrainischen Borschtsch und mit Hackfleisch gefüllte Blintschiki vorbereitet, dazu gab es Brot und Sauersahne. Nastja hätte gar nicht zu sagen gewusst, wann zum letzten Mal sie so etwas gegessen hatte. Auch den Geschmack ihres geliebten schwarzen Kaffees mit Zucker hatte sie schon fast vergessen. Sie trank drei Tassen davon, rauchte zwei Zigaretten, dann nahm sie eine kalte Dusche, legte sich auf die Couch und schlief sofort ein, mit dem herrlichen Aroma des Kaffees in der Nase.

Am nächsten Morgen ging sie in ihren fadenscheinigen ukrainischen Espadrilles leichten, mädchenhaften Schrittes neben ihrer Schwester vom Wittenbergplatz zum Kurfürstendamm. Tanja zeigte ihr das KaDeWe, die Gedächtniskirche, das berühmte Café Kranzler, aber mehr als all das beeindruckte Nastja eine beiläufige Beobachtung. An den Tischen eines Straßenrestaurants saßen Menschen unter roten Sonnenschirmen und aßen. Eine Kellnerin stellte eine silberne Platte mit einem Berg Grillfleisch auf einem der Tische ab. Nastja fand, es war eine erstaunlich große Fleischportion für die vier Personen, die an dem Tisch saßen, aber dann begriff sie, dass diese Portion nicht etwa für alle vier bestimmt war, sondern nur für eine von ihnen. Sie konnte nicht glauben, was sie sah. Selbst in den allerbesten Zeiten hätte man in einem ukrainischen Restaurant niemals eine auch nur annähernd große Portion Fleisch bekommen. Es erschien ihr unmöglich, dass ein einzelner Mensch so viel essen konnte. Man hatte sich in der Ukraine sehr vieles über den Westen erzählt, aber nie hatte sie davon gehört, dass die Menschen hier so viel aßen. Eine Fleischportion wie diese, die außerdem noch mit Pommes frites und einem großen Salatteller serviert wurde, hätte ihr und ihrem Enkel eine ganze Woche lang gereicht.

Tags darauf ließ sie sich von ihrer Schwester zu der Adresse in Charlottenburg begleiten, wo sie während ihres Aufenthalts in Berlin täglich fünf Stunden als Putzfrau arbeiten sollte. Artjom, der russische Gebrauchtwagenhändler, hatte nicht nur für sie gebürgt, sondern ihr auch diesen Job vermittelt. In der Ukraine hatte sie einen Oligarchen nie aus der Nähe gesehen, sie musste dafür erst nach Deutschland kommen. Die Familie wohnte in einer pompösen alten Villa in einer Seitenstraße des Ku'damms – mit eigener Orangerie, einem Swimmingpool und goldenen Wasserhähnen in drei Marmorbädern. Es waren Leute, die es in der chaotischen Übergangszeit in Russland geschafft hatten, ein profitables Stück Staatseigentum an sich zu reißen und damit schier märchenhafte Gewinne zu erzielen. Sie lebten wie die einstigen Feudalherren im vorrevolutionären Russland und betrachteten die restliche Weltbevölkerung als ihr Dienstpersonal.

Marina Iwanowna residierte zumeist allein in der Villa. Ihr Mann war fast immer auf Reisen oder hielt sich in geschäftlichen Angelegenheiten in Moskau auf, wo das Paar ein Domizil in der berühmten Rubljowka hatte, der bevorzugten Wohngegend der neuen Reichen, in der jedes Haus ein eigener Hochsicherheitstrakt war. Das Paar leistete sich in Deutschland eine Haushälterin und einen Chauffeur, Nastja war für die niederen Arbeiten zuständig. Sie brauchte eine ganze Woche, um die zwei großen Etagen des Hauses zu putzen, danach fing sie wieder von vorn an. Stundenlang musste sie Armaturen polieren, die vielen Teppiche saugen und deren Fransen auskämmen, auf eine Leiter steigen und Lüster abstauben, Kristall für Kristall, sie musste Kacheln auf Hochglanz bringen und sich die Küche vornehmen, die aus einer Vielzahl ihr unverständlicher Geräte bestand. Ihr größter Schrecken waren die verschiedenen Putzmittel, die im Haushaltsraum einen dreitürigen Schrank füllten. In Kiew hatte sie zum Saubermachen immer nur Soda und Haushaltsseife verwendet, hier gab es für jeden Gegenstand im Haus ein eigenes Putzmittel. Nastja stand vor den vielen Behältern mit den deutschen Aufschriften wie vor einem rätselhaften Wald, in dem sie sich jedes Mal verirrte. Die gutmütige Haushälterin Marfa konnte ihr selten helfen, sie sprach kaum Deutsch und hatte andere Zuständigkeiten. Sie musste für Marina Iwanowna und deren Gäste kochen und backen, sie musste die Wäsche waschen, bügeln, die zweijährige Nina füttern, die jeden Tag herausgeputzt wurde wie ein Mannequin – eine kleine despotische Majestät, die Marfa den Löffel mit den geriebenen Karotten aus der Hand schlug.

Während Nastja und Marfa arbeiteten und der Chauffeur unterwegs war und Besorgungen machte, telefonierte Marina Iwanowna meistens. Oft blieb sie den ganzen Tag im Negligé, stakste auf ihren hochhackigen Pantoffeln umher, rauchte und unterhielt sich mit ihren russischen Freundinnen in Russland, den USA, Israel und Deutschland. Man hörte ihr den leicht ordinären Tonfall der Büfettfrau an, die sie noch ein paar Jahre zuvor in einer Moskauer Betriebskantine gewesen war. Wahrscheinlich hatte sie, genau wie Nastja, in einem Plattenbau gewohnt oder in einer heruntergekommenen Gemeinschaftswohnung, wo jeden zweiten Tag das Wasser ausfiel und im Flur die Fahrräder der Mitbewohner an Haken an der Wand hingen.

Stets versuchte Nastja, den Argusaugen ihrer Herrin zu entgehen, denn wann immer sie in deren Blickfeld geriet, machte sie gerade etwas falsch. Sie wurde angeschnauzt und zurechtgewiesen, einmal war Marina Iwanowna sogar drauf und dran, ihr ins Gesicht zu schlagen, weil sie eine kostbare gläserne Tischplatte statt mit einem Glasreiniger mit einem Kalkreiniger besprüht hatte. Am Ende zog sie ihr zehn Mark von ihrem Tageslohn ab und drohte mit sofortiger Entlassung, wenn ihr so etwas noch einmal unterlaufen sollte.

Noch nie hatte jemand Nastja so beleidigt und gedemütigt, nie wäre ihr in ihrem sowjetischen Leben in den Sinn gekommen, dass es ihr widerfahren könnte, eines Tages die Dienstmagd einer neureichen Russin zu werden. Sie brannte vor Schmach, Scham und Wut. Jeden Tag schwor sie sich, nie wieder die Schwelle dieses Hauses zu überschreiten, lieber wollte sie wieder hungern, lieber sterben, aber dann fiel ihr ein, dass Slawa einen neuen Wintermantel brauchte, dass er keine Schuhe mehr hatte, die ihm passten, dass ihre kranke Freundin Dali ihre ganze Hoffnung in das Medikament setzte, das sie ihr aus Deutschland mitbringen sollte. Ihr fiel ihr aussichtsloses Bettlerdasein in Kiew ein, und wenn sie dann die dreißig Mark, die sie täglich für fünf Stunden Arbeit bei

Marina Iwanowna verdiente, in Kupono-Karbowanzy, die ukrainische Übergangswährung, umrechnete, kam sie auf einen Betrag, von dem sie in Kiew Slawa und sich selbst länger als eine Woche durchbringen konnte: Jeder Tag bei Marina Iwanowna bedeutete eine zusätzliche Woche Leben für sie und ihren Enkel in Kiew. Und obwohl sie sich so bleischwer und elend fühlte wie noch nie zuvor, stand sie am nächsten Morgen auf und fuhr wieder zu ihrem Frondienst nach Charlottenburg – in ein ihr bisher unbekanntes Reich ihrer postsowjetischen Heimat, das sich in Berlin befand.

Tamara, die Frau ihres Neffen Maxim, hatte in Kiew das Konservatorium abgeschlossen und arbeitete in Berlin als Klavierlehrerin an einer Musikschule in Pankow. Außerdem hatte sie ein paar private Schüler, die sie zu Hause besuchte. Sie rief Nastja eines Tages an und sagte ihr, dass die Eltern eines Schülers dringend eine Vertretung für ihre erkrankte Putzfrau suchten.

Kurz darauf betrat Nastja zum ersten Mal in ihrem Leben eine deutsche Wohnung. Ihre Bewohner waren eine Augenärztin und ein Augenarzt mit zwei Kindern, freundliche, höfliche Menschen, die nicht zu Hause waren, während Nastja die Wohnung putzte, und die ihr nicht sechs Deutsche Mark pro Stunde bezahlten, sondern zehn. Hier war nichts von dem Prunk, in dem Marina Iwanowna lebte, aber auch eine Wohnung wie diese hatte Nastja noch nie gesehen. Allein das Wohnzimmer war größer als ihre gesamte Wohnung in Kiew, alles in allem fünf geräumige, behaglich eingerichtete Zimmer, eine große Küche, eine Abstellkammer, eine Terrasse und zwei Bäder für vier Menschen. Nachdem die Frau des Hauses sie sehr wohlwollend eingewiesen, ihr den Staubsauger erklärt und die Bügelwäsche gezeigt hatte und Nastja allein zurückgeblieben war, verwundert darüber, dass man ihr, der Fremden, der Ausländerin, so freimütig die Wohnung anvertraute, fiel sie auf einen Stuhl in der Küche und brach in Tränen aus. Sie wusste nicht genau, warum sie weinte – ob über ihr lebenslanges Wohnfiasko in Kiew, das ihr der Anblick dieser deutschen Wohnung in seiner ganzen Tragweite vor Augen führte, oder ob es das Vertrauen und die Menschlichkeit dieser Deutschen waren, die sie, gewöhnt an die Knute von Marina Iwanowna, so erschütterten.

Zu Hause hatte Nastja das Putzen nicht besonders ernst genommen, jetzt arbeitete sie mit großer Gewissenhaftigkeit und Sorgfalt. Sie war flink und zuverlässig, eine bessere Putzfrau konnte man sich nicht wünschen, man empfahl sie weiter, ein Job führte zum nächsten. Marina Iwanowna hätte ihr gern verboten, sie zu verlassen, aber da das nicht ging, verlegte sie sich aufs Bitten und zeigte plötzlich ihre proletarisch-familiäre Seite. Nastja hatte sich vor der Verachtung der Deutschen gefürchtet und sie von einer russischen Oligarchenfrau erfahren, nun fühlte sie sich wie erwacht aus einem Albtraum, weil sie auf diese Frau nicht mehr angewiesen war. In den deutschen Haushalten quälte sie ihre Sprachlosigkeit, aber keine der deutschen Frauen behandelte sie wie Abschaum, niemand tadelte und erniedrigte sie. Sie arbeitete fast mit Freude, täglich von morgens bis abends, verdiente mit dem Putzen mehr Geld, als sie sich hatte träumen lassen, und als sie zum ersten Mal seit ihrer Ankunft in Berlin in ihren Pass sah, war das Visum am Vortag gerade abgelaufen.

Möglicherweise hatte sie die Zeit nicht ganz absichtslos vergessen; möglicherweise hatte die Absicht zu vergessen schon in ihr geschlummert, als sie sich auf die Reise gemacht hatte. Nie hätte sie es gewagt, sich bewusst für ein Visumsdelikt zu entscheiden. Sie hatte sich, ohne es zu merken, von dem Gedanken leiten lassen, dass Slawa viel mehr von einer abwesenden Großmutter haben würde, die Geld für sein Überleben verdiente, als von einer, mit der zusammen er hungern musste. Unbewusst war sie ihrer Angst vor der Rückkehr in die Armut erlegen, jetzt kam das böse Erwachen. Noch während sie auf das abgelaufene Abreisedatum in ihrem Visum starrte, sprang in ihr die andere Angst an, die sie als Kind einer Diktatur schon mit der ersten Luft eingeatmet hatte: die Angst vor Strafe, die Angst vor dem Entdecktwerden. Panisch sah sie sich um – war man ihr bereits auf den Fersen? Kamen sie schon, um sie zu verhaften, ins Gefängnis zu bringen?

Sie verschob ihre Abreise Tag für Tag, und mit jedem Tag, den sie blieb, wuchs ihre Schuld und mit der Schuld ihre Angst davor, sich der Grenzkontrolle zu stellen. Sie hatte Roman angerufen, wegen Slawa musste sie sich keine Sorgen machen. Er war bei seinem Großvater in guten Händen, seine neue Frau, die selbst keine Kinder hatte, war von Anfang an in Romans Enkelsohn verliebt. Nastja wurde nicht dort gebraucht, sondern hier, in Deutschland, wo sie Geld verdienen und für das Auskommen ihrer Nächsten sorgen, die ärmsten ihrer Freunde unterstützen konnte. Für sich selbst brauchte sie nicht viel. Nur ihren starken schwarzen Kaffee, von dem sie täglich mehrere Tassen gegen ihren niedrigen Blutdruck trank, ihre Marlboro-Zigaretten, die sie gegen die bitteren russischen Prima ausgetauscht hatte, eine Monatskarte für die öffentlichen Verkehrsmittel und das Kostgeld, das sie ihrer Schwester gab, die jeden Tag etwas für sie mitkochte.

Sie blieb von Woche zu Woche, von Monat zu Monat. Nach einem halben Jahr gab es wahrscheinlich kein einziges Putzmittel mehr, das sie nicht kannte. Nie wäre ihr der Gedanke in den Sinn gekommen, dass sie eines Tages das Schicksal ihrer Tochter teilen würde. Immer hatte sie in der Hoffnung gelebt, dass Vika eines Tages wieder nach Hause kommen würde, nun war sie selbst im Westen gelandet, eine Illegale wie ihre Tochter. Als Schläferin auf dem Sofa ihrer Schwester war sie eingegangen in die unergründliche Dunkelziffer der Sans-Papiers im Wildwuchs der neuen deutschen Ost-West-Stadt.

Ich freute mich immer, wenn sie alle zwei Wochen zum Putzen zu mir kam, allein schon deshalb, weil sie so schön anzuschauen war – sehr schmal, makellos gebaut und von einer natürlichen Anmut, als hätte sie in ihrem Leben noch keine Brüche erfahren, als ruhte sie noch in sich selbst. Ich war mir sicher gewesen, dass mich die Anwesenheit eines fremden Menschen, der bei mir sauber machte, stören würde, aber Nastja arbeitete mit einer Diskretion und Feinfühligkeit, dass ich sie kaum bemerkte. Nie hinterließ sie in meiner Wohnung die Spuren einer fremden Hand, im Gegenteil, sie schien besser zu wissen als ich selbst, was gut für mich war. Immer kam sie strahlend bei mir an und sagte, die Putztage bei mir seien Feiertage für sie, weil sie mit mir Russisch sprechen könne und weil ich so nah bei ihrer Schwester wohnte, dass es ihr möglich sei, den Weg zu mir zu Fuß zurückzulegen. Das war seltsam. Ich verstand, dass sie gern ihre Muttersprache mit mir sprach, aber die Freude, drei Kilometer zu Fuß zu gehen, hätte sie sich jederzeit auch ohne die Putzstelle bei mir machen können. Was war an diesem Fußweg für sie so erstrebenswert?

Natürlich hatte ich ihre Tränen nicht vergessen, die sie beim Hören der ukrainischen Musik nicht hatte zurückhalten können, natürlich ahnte ich, dass sie keine Aufenthaltsgenehmigung für Deutschland hatte und dass sie Hilfe brauchte. Immer war ich darauf gefasst, dass sie mich um diese Hilfe bitten würde, denn wer, wenn nicht ich, hätte Vermittlerin zwischen ihr und der deutschen Welt sein können? Ich war dafür prädestiniert, ich war geradezu dafür ausersehen, diese Rolle für sie zu übernehmen. Doch nie versuchte sie, nach diesem sich ihr bietenden Rettungsring zu greifen, nie ließ sie ein Wort über ihre persönlichen Angelegenheiten fallen, dazu war sie zu stolz und zu gut erzogen. Irgendeine wahrscheinlich ungewollte, für mich nicht deutbare Mitteilung über ihre Lage verbarg sich darin, dass es sie so glücklich machte, den Weg zu mir zu Fuß gehen zu können, aber ich fragte nicht nach.

Ich fragte sie nie etwas. Wir hatten ein sehr freundliches, aber distanziertes Verhältnis, ich war die Chefin, sie eine von mir bezahlte Arbeitskraft. Ich tat so, als würde ich ihr die gute Laune und zur Schau getragene Sorglosigkeit abnehmen – obwohl oder gerade weil mir im Grunde schon vom ersten Augenblick an klar gewesen war, dass mich mein Schicksal erneut eingeholt hatte, als ich mich für Nastja entschied. Nichts hatte mich dazu gezwungen, meinem selbstgefassten Entschluss zu folgen und die Putzstelle der nächstbesten Bewerberin zu geben, die an meiner Tür läuten würde. Ohne mir dessen bewusst zu sein, hatte ich mich diesem Schicksal sofort wieder ergeben, obwohl ich mir fest vorgenommen hatte, mich nie wieder auf eine Ost-West-Geschichte einzulassen, zu viele davon waren mir in meinem Leben schon widerfahren. Ich wollte nichts mehr zu tun haben mit dem Osten, der mich kraft meiner Geburt seit jeher verfolgte und in seine nie endenden Miseren und Tragödien hineinzog. Ich war es müde, in einem ständigen Spagat zu leben, alles doppelt denken zu müssen, russisch und deutsch, immer alles mit zweierlei Maß messen zu müssen und nie zu wissen, welches Maß eigentlich das meine war.

Eines Tages, Nastja putzte schon seit etwa drei Jahren bei mir, rief sie mich an, um sich zu verabschieden. Sie wollte nach Kiew zurückkehren. Damit hätte meine Geschichte mit ihr enden können, aber da war die Frage, die mir spontan herausgerutscht war: «Was ist passiert?» Nachdem Nastja eine Weile herumgedruckst hatte, stand mir bereits klar vor Augen, dass es nun kein Entkommen mehr für mich gab. Sie kam zum ersten Mal privat zu mir, wir tranken Tee, und sie erzählte mir alles.

Seitdem sie nach Ablauf ihres Ausreisedatums ohne Visum in Berlin geblieben war, hatte sie länger als ein Jahr täglich, stündlich in Angst gelebt. Sie verließ die Wohnung ihrer Schwester nur, wenn sie zur Arbeit musste, auf der Straße sah sie sich ständig nach Polizisten und Polizeiautos um, senkte den Blick vor Passanten, die sie misstrauisch ins Auge zu fassen schienen. Nachts träumte sie schlecht und schreckte aus dem Schlaf, weil sie geglaubt hatte, ein Klingeln an der Tür zu hören. Ich verstand jetzt, warum sie so glücklich darüber war, dass sie zu Fuß zu mir kommen konnte: Ihre größte Angst galt den Fahrscheinkontrollen in den öffentlichen Verkehrsmitteln. Auf jeder Fahrt befürchtete sie, dass man sie nicht nur nach ihrem Fahrschein, sondern auch nach ihrem Pass fragen würde. Ohnehin war sie sich sicher, dass die Illegalität ihr auf der Stirn geschrieben stand, dass ihr gültiger Fahrschein den Kontrolleur nicht über ihr längst abgelaufenes Visum hinwegtäuschen konnte. Ein Kontrolleur war für sie, die es nicht anders kannte, eine Autoritätsperson, deren Willkür sie ausgeliefert war, die in jedem Augenblick mit ihr verfahren konnte, wie immer sie es wollte. Jeden Morgen, wenn sie aufstand, um zur Arbeit zu fahren, war sie fest davon überzeugt, dass ihr an diesem Tag das Entdecktwerden blühte, dass man sie in einem der Verkehrsmittel auf dem Weg zur Arbeit ergreifen und ins Gefängnis bringen würde.

Die permanente Angst vor ihrer Entlarvung vermischte sich Tag für Tag mit der qualvollen Sorge um ihre Tochter Vika und ihren Enkel Slawa. Sie konnte das Kind aus der Ferne nicht vor den Gefahren des täglichen Lebens in der Ukraine beschützen, aber immerhin war Slawa in telefonischer Reichweite für sie. Sie konnte Roman anrufen und sich die beruhigende, wenigstens ein, zwei Tage anhaltende Gewissheit verschaffen, dass alles in Ordnung war. Von ihrer Tochter hingegen war sie abgeschnitten. Sie besaß keine Adresse von ihr, keine Telefonnummer, sie konnte immer nur darauf warten, dass sie angerufen wurde, was äußerst selten geschah. In den langen Pausen zwischen Vikas Anrufen war sie zur Passivität verdammt, die den Gespenstern grenzenlosen Raum ließ. Sie fühlte sich schuldig. Sie hatte nicht nur ihren Enkel verlassen, sondern auch ihrer Tochter nicht das geben können, was sie brauchte und was sie in der Ukraine hätte halten können. Sie wusste, dass Vika immer die Angst in ihren Augen gesehen hatte, jene Angst, die in der Kindheit ihren alten Eltern gegolten und sich später auf alle Menschen übertragen hatte, die ihr nahestanden. Auch vor dieser Angst, die sie nie verbergen konnte, war Vika auf die andere Seite der Welt geflohen, vor den angstvollen Augen ihrer Mutter, die sie immer verfolgten. Auch dafür hatte sie wahrscheinlich die Ukraine so gehasst, ihr Mutterland, das sie mit so unerbittlicher Sorge umklammerte.

Schließlich hatte Nastja in Berlin einen Mann getroffen, der ihr die Erlösung von ihrer täglichen Angst versprach. Es war ein Bekannter jenes Artjom, der bei der Einreise nach Deutschland für sie gebürgt hatte. Pjotr

bot ihr an, sie mit einem neuen ukrainischen Pass aus-
zustatten, in dem unter Nationalität «Jüdin» stehen
werde. Mit diesem Pass und dem für die Dauer von drei
Monaten gültigen Einreisevisum, das sie ebenfalls von
ihm erhalten werde, solle sie, sagte er, zur Ausländerbehörde gehen und eine unbefristete Aufenthaltserlaubnis beantragen. Sie solle behaupten, dass ihre alten,
gebrechlichen jüdischen Eltern in Berlin lebten und
niemanden hätten, der sie pflegen könne. Deshalb sei
sie, Nastja, gezwungen gewesen, aus der Ukraine nach
Deutschland zu kommen, und deshalb bitte sie nun um
Bleiberecht. Nebenbei solle sie sich über die Pogrome
beklagen, die sie als Jüdin in der Ukraine immer wieder
zu erleiden gehabt habe. Sobald man ihr die Aufenthaltserlaubnis erteilt haben werde, solle sie diese bei der
Sozialhilfebehörde vorlegen und Sozialhilfe beantragen,
zu deren Bezug die Aufenthaltsgenehmigung berechtige.
Das Geld, das man ihr dann monatlich auf ein von ihr
einzurichtendes Bankkonto überweisen werde, müsse
sie allerdings abheben und an ihn abliefern. Das sei der
Preis für den Pass. Nastja werde nur das Geld verlieren,
das sie ohne seine Hilfe nie bekommen hätte.

Ganz konnte ich nie begreifen, wie ein so ängstlicher,
rechtschaffener Mensch wie Nastja sich auf ein so ris-
kantes Unterfangen hatte einlassen können. Aber abgesehen davon, dass die ständige Angst vor Entdeckung sie
wahrscheinlich an ihre Grenzen gebracht hatte, zumal
sie mit dem abgelaufenen Visum ja auch nicht mehr un-
gestraft in die Ukraine zurückkehren konnte und somit
in der Falle saß, lag es vielleicht auch daran, dass sie aus

einer Welt kam, in der das Gesetz nur dazu da war, den Menschen das Leben so schwer wie möglich zu machen. Das, was man in Deutschland als kriminell bezeichnet, war dort Überlebensalltag. Man konnte nur im Schatten des Gesetzes existieren, konnte es nur austricksen, hintertreiben, unterwandern, sich immer nur im Widerspruch zum Gesetz einrichten; im Einklang mit dem Gesetz konnte man nur sterben. Von dieser ihr lebenslang vertrauten Warte aus hatte Nastja sicher auch das Angebot des Passfälschers gesehen. Hinter dem Rücken des Staates wusch eine Hand die andere, das war die ganz normale Lebenspraxis, der Alltag in ihrer Heimat.

Pjotr hatte sich einen Vorschuss von tausend Mark erbeten, den er später mit der Sozialhilfe verrechnen wollte, die Nastja dank der Aufenthaltserlaubnis erhalten würde. Sie sollte das Geld Artjom bringen, der, wie sich nun herausstellte, in einer der repräsentativen Wohnungen in der ehemaligen Stalinallee wohnte und das Geld für Pjotr in Empfang nahm. Er versicherte Nastja, dass dieser sich melden werde, sobald der Pass fertig sei, er müsse dazu nach Kiew reisen, es werde drei bis vier Wochen dauern. Der kleingewachsene Artjom hatte einen Bauch, der aussah wie ein Gymnastikball unter seinem Pullover, und dunkle Augenhöhlen mit kleinen irrlichternden Augen. Er hatte Nastja erzählt, dass er am Grenzübergang nach Russland mit einem Zöllner zusammenarbeitete. Der erließ ihm den hohen Zoll, der auf die Einfuhr von Gebrauchtwagen stand, was aber nicht zu seinem Nachteil war, weil Artjom ihn am Geschäft beteiligte.

Nastja war sich fast sicher gewesen, dass sie von Pjotr
nie mehr etwas hören werde – wahrscheinlich, hatte sie
gedacht, war es bloß darum gegangen, ihr die tausend
Mark aus der Tasche zu ziehen, die die beiden sich nun
teilen würden. Aber es dauerte tatsächlich nur etwas
mehr als drei Wochen, bis Pjotr, ein hagerer, hinkender
Mann mit einem goldenen Vorderzahn und einer karier-
ten Schiebermütze, sie bei ihrer Schwester im Wedding
aufsuchte und ihr einen nagelneuen ukrainischen Reise-
pass mit einer dreimonatigen Aufenthaltserlaubnis für
Deutschland überreichte. Unter der Rubrik Nationalität
stand jetzt, wie angekündigt, nicht mehr «Ukrainerin»,
sondern «Jüdin», was auf Nastja nicht sehr befremdlich
wirkte, da sie, genau wie ihre Schwester, einen Juden geheiratet hatte und auch viele ihrer Freunde in Kiew Juden waren – schon in ihrem Heimatort hatte sie auf der
Straße mit jüdischen Kindern gespielt, jenen, die dem
Genozid der Deutschen entgangen waren. Das Jüdische
war ihr vertraut, es gehörte zu ihrem Leben, aber als ihr
Blick auf eine andere Zeile des neuen Passes fiel und sie
dort unter der Rubrik Mädchenname «Katz» las, er-
schrak sie. An dieses unumgängliche Detail ihrer Iden-
titätsumwandlung hatte sie gar nicht gedacht, ja sie hatte
überhaupt noch nicht genau darüber nachgedacht, was
sie da eigentlich machte. Auf einmal war sie eine gebo-
rene Katz und wurde von dem Gefühl überwältigt, sie
hätte ihre wirklichen Eltern verraten, sie wären durch
die Löschung ihres Namens in ihrem Pass noch einmal
gestorben. Am liebsten hätte sie das gefälschte Dokument wieder zurückgegeben, aber sie hielt bereits wei-

tere neue Papiere in der Hand: die beglaubigten Foto-
kopien der Geburtsurkunden ihrer neuen Eltern, eines
Baruch Katz, geboren 1914 in Odessa, und einer Rosa
Rubina, geboren 1918 in Cherson. Auch eine Heirats-
urkunde des Paares war dabei, der zufolge die Ehe im
Juni 1941 in Odessa geschlossen worden war. 1972, in
der Breschnew-Zeit, war das Paar dann in die Bundes-
republik ausgereist und wohnte jetzt im historischen
Scheunenviertel in Berlin-Mitte, wo inzwischen die
einstige jüdische Tradition zaghaft wieder aufzuleben
begann. Nastja war das Scheunenviertel ein Begriff, sie
hatte dort eine Putzstelle bei einer Familie, die eine re-
novierte Etage bewohnte, eine unwirkliche Luxusinsel
in einem der verrußten, zerschossenen Häuser, die aussahen, als wäre der Krieg gerade erst zu Ende gegangen.
Es war die düsterste Gegend, die Nastja in Berlin kannte.

Pjotr hatte ihr dann noch erklärt, dass sie mit ihrem
neuen Pass zur Ausländerbehörde gehen und sich dort
einen Antrag zur Erteilung einer Aufenthaltserlaubnis aushändigen lassen solle. Diesen Antrag müsse sie
zu Hause ausfüllen und dann zusammen mit den Ur-
kundenkopien, die er ihr übergeben habe, bei der Ausländerbehörde einreichen. Nach einiger Zeit werde
man sie zu einem sogenannten Sicherheitsgespräch einladen, möglicherweise werde es noch einen zweiten Ge-
sprächstermin geben. Auf keinen Fall solle sie auf die
Idee kommen, das Ehepaar Katz aufzusuchen, das würde die alten Leute unnötig in Unruhe versetzen. Sollte
sie noch irgendwelche Fragen haben oder in Schwierigkeiten kommen, solle sie ihn anrufen, ansonsten erwarte

er ihren Anruf, nachdem sie den Bescheid der Ausländerbehörde erhalten habe. Er gab ihr seine Telefonnummer, stand auf, zwinkerte ihr aufmunternd zu und ging zur Tür, sein steifes rechtes Bein hinter sich herziehend.

Nastja war zumute gewesen, als hätte sie sich eine Suppe eingebrockt, die sie niemals würde auslöffeln können. Wie sollte sie zu einer deutschen Behörde gehen und dort auf Deutsch lügen? Sie kannte in dieser Sprache nicht einmal die Wörter für die einfachsten Wahrheiten, geschweige denn für komplizierte Lügen. Zwar hatte sie sich mittlerweile ein minimales Putzfrauenvokabular angeeignet, das sie zur notdürftigen Verständigung mit ihren Arbeitgebern einsetzen konnte, aber darüber hinaus war sie sprachlos, fast so sprachlos wie ihre Schwester, die nach sieben Jahren in Deutschland auch nicht viel mehr sagen konnte als «guten Tag», «danke» und «bitte». Selbst auf Russisch hatte Nastja das Lügen nie beherrscht, sie brauchte es gar nicht zu versuchen, weil sie ihre Mimik nicht kontrollieren konnte – ihr Gesicht, ihre Augen verrieten sie immer sofort.

Zum ersten Mal war ihr bewusst geworden, dass nicht nur ihr, sondern auch Vikas Leben ganz anders verlaufen wäre, hätte man nicht vor langer Zeit schon einmal in einem Pass ein kleines Wort durch ein anderes ersetzt. Während zahllose Sowjetbürger damals versucht hatten, eine jüdische Herkunft nachzuweisen, um in den Westen ausreisen zu können, hatte Roman das Gegenteil getan. Er hatte eine Emigration nie in Erwägung gezogen, sein Platz war in der Ukraine, wo er als Jude allerdings keine guten Karten hatte. Offiziell gab es in der Sowjetunion keinen Antisemitismus, aber in der Praxis sah es anders aus. Juden wurden oft benachteiligt, hatten oft schlechtere Chancen im Beruf, immer war eine unterschwellige Feindseligkeit zu spüren, die jeden Augenblick in offene Aggression umschlagen konnte, in eines der kleineren oder größeren Pogrome, die da oder dort immer wieder vorkamen. Roman hatte nie ein Verhältnis zum Judentum gehabt, er war Atheist wie seine Eltern, und als er vor langer Zeit einen neuen Pass beantragen musste, gelang es ihm, das Ohr des Beamten mit Hilfe eines kleinen Bakschisch zu öffnen und ihn davon zu überzeugen, dass das Wort «Jude» in seinem Pass ein Fehler sei, die Karäer seien niemals Juden gewesen, das sei vielfach dokumentiert und in aller Welt bekannt, der Behörde in Bachtschyssaraj sei ein Irrtum unterlaufen. Der Kiewer Beamte, der zufällig auch von der Krim stammte und eine gewisse Solidarität mit Roman empfand, zumal er an diesem Tag bei guter Laune und sowieso immer auf kleine Aufbesserungen seines schlechten Gehalts angewiesen war, kam seinem Landsmann entgegen. Er löschte das verhängnisvolle Wort «Jude» in dessen Pass und ersetzte es durch «Ukrainer».

Niemand hatte damals daran gedacht, zu welch schwerwiegenden Folgen das eines fernen Tages führen würde. Wäre Roman ein «Jude» geblieben, hätte seine Tochter sich wahrscheinlich nicht in eine völlig ungewisse, für sie verbotene Existenz in den Niederlanden gestürzt, sondern wäre ganz legal als Jüdin nach Deutschland ausgereist, genauso wie Tanjas Söhne es getan hatten. Und sie, Nastja, wäre in dieselbe Lage gekommen wie ihre Schwester, sie hätte ihr Recht auf Familienzusammenführung in Anspruch nehmen und ihrer Tochter legal nach Deutschland folgen können. Stattdessen hatte sie nun Jüdin werden müssen, weil Roman sich vor beinah dreißig Jahren von einem Juden in einen Ukrainer hatte verwandeln lassen. Die Transformation seiner Identität hatte sich völlig lautlos vollzogen und wurde danach nie wieder erwähnt, sodass seine jüdische Herkunft nach und nach in Vergessenheit geraten war und Vika womöglich gar nicht wusste, dass sie einen Juden zum Vater hatte.

Oft verfolgte Nastja jetzt das Bild eines deutschen Polizisten, der immer, wenn sie auf dem Weg zu einer Putzstelle durch eine bestimmte Straße ging, mit einer Waffe am Gürtel vor dem Eingang einer Synagoge stand. Sie sah ihn noch in hundert, in tausend Jahren dort stehen, jeden Tag und jede Nacht bei jedem Wetter, einen Wachtposten, der dazu verdammt war, in Ewigkeit die deutsche Schuld abzustehen. Er nahm sie gar nicht zur Kenntnis in dem endlosen Strom der Passanten, aber wann immer sie nun an ihm vorbeiging, mit dem neuen Pass in einem verschließbaren Innenfach ihres Rucksacks, meinte sie, seinen bösen Blick auf sich zu spüren, als wüsste er, dass er jetzt auch wegen ihr, einer Betrügerin, dort stehen musste.

Es wurde ein langes Gespräch in meiner Wohnung, Nastjas Erzählung war noch nicht zu Ende. Nachdem sie sich einen Antrag auf Erteilung einer Aufenthaltserlaubnis bei der Ausländerbehörde abgeholt, ihn mit

Hilfe ihrer sprachkundigen Schwägerin Tamara ausgefüllt und zusammen mit den geforderten Papieren
wieder abgegeben hatte, begann sie, auf ihre Vorladung
zum persönlichen Gespräch zu warten. Man hatte ihr
gesagt, dass bei diesem Gespräch ein Dolmetscher dabei
sein werde, worauf sofort die allergrößte Angst von ihr
abgefallen war. Immer wieder versuchte sie nun, sich die
Gesprächssituation vor Augen zu führen, die Fragen zu
erraten, die man ihr auf dem Amt stellen würde, vor
allem die Fragen nach ihren vermeintlichen Eltern, von
denen sie nur wusste, dass sie beide auf ein langes und
vermutlich sehr bewegtes Leben zurückblickten – die
Geburtsurkunden besagten, dass Baruch Katz bereits
achtzig Jahre alt war, seine Frau sechsundsiebzig. Wahrscheinlich brauchten sie dringend Geld, wenn sie sich
in so hohem Alter auf derart riskante Machenschaften
einließen. Immer wieder setzte Nastja in Gedanken
das Lebenspuzzle des Ehepaares Katz neu zusammen,
erfand für sie Biographien, an denen sie sich bei der
Befragung würde festhalten können. Ob sie gerade eine
Acrylbadewanne putzte oder Bettwäsche bügelte, in
der U-Bahn fuhr oder sich mit ihrer Schwester einen
russischen Film im Fernsehen ansah, unentwegt war sie
einem fiktiven Verhör ausgesetzt, legte einem deutschen
Beamten Fragen in den Mund, die sie sich selbst stellte.
In Wahrheit hatte sie keinerlei Begriff davon, wonach
man sie auf dem Amt wirklich befragen würde. Ihr war
nur klar, dass sie sich fühlen würde wie ein Insekt unter
dem Mikroskop, im Auge einer Instanz, die sowieso
alles von ihr wusste, egal, was sie sagen mochte.

Doch schließlich verlief alles ganz harmlos. Der russische Dolmetscher übersetzte ihre Lügen, ohne mit der Wimper zu zucken, ins Deutsche. Einerseits war ihr die Anwesenheit eines Landsmannes, der sie zweifellos durchschaute, sehr peinlich, andererseits klammerte sie sich an diesen Zipfel vertrauter Welt in der für sie fremdesten Fremde einer deutschen Behörde. An der Echtheit ihres Passes schien der Beamte, dem sie gegenübersaß, jedenfalls keine Zweifel zu hegen. Die Antworten auf die Fragen, die er ihr nach ihrer Biographie und nach ihren Eltern stellte, gingen ihr leicht über die Lippen. Sie hatte sich darin eingeübt, Romans jüdische Eltern, deren Leben sie gut kannte, in Gedanken an die Stelle ihrer neuen Eltern zu setzen, mit dieser Strategie kam sie nicht ins Stocken und konnte im Grunde nichts falsch machen. Sie hatte keine Ahnung, wie, wann und warum das Ehepaar Katz nach Deutschland gekommen war, aber danach wurde sie auch nicht gefragt. Der Beamte wollte nur wissen, wie ihre Eltern den Genozid der deutschen Besatzer an den Juden in der Ukraine überlebt hätten, und auf diese Frage antwortete sie so ausführlich, dass der Beamte schließlich abwinkte, so genau wollte er es gar nicht wissen. Ganz offensichtlich hatte sie ihn von ihrer jüdischen Herkunft überzeugt, nachdem sie, Pjotrs Empfehlung folgend, in ihren Bericht auch ein paar Klagen über Pogrome eingeflochten hatte. Sie war über ihren Schatten gesprungen, sie hatte perfekt und manchmal sogar blumig gelogen, fast wie eine professionelle Schauspielerin. Dass sie das konnte, hatte sie nicht geahnt.

Eine unbefristete Aufenthaltserlaubnis wurde ihr trotzdem nicht gewährt. Kurz bevor ihr gefälschtes Aufenthaltspapier ablief, bekam sie eine zweite Vorladung zur Ausländerbehörde, wo man ihr eine sogenannte Fiktionsbescheinigung aushändigte. Das Dokument mit dem seltsamen Namen galt als Verlängerung der Aufenthaltsgenehmigung bis zu dem Tag, an dem über ihren Fall entschieden wurde. Noch einmal musste Nastja zwei Monate warten, dann erhielt sie ein Bleiberecht für zwei Jahre. Das war mehr Zeit, als sie in diesem Augenblick ihres Lebens denken konnte. Sie trat mit dem magischen Stück Papier in der Hand aus dem Gebäude, auf eine Straße, von der zum ersten Mal seit ihrer verpassten Ausreise vor über drei Jahren keine Gefahr mehr für sie ausging. Pjotrs falscher Pass samt dem falschen Visum hatte sie nie ganz von der Angst befreien können, und auch die Fiktionsbescheinigung hatte sie oft mehr verwirrt als beruhigt. Zwar war sie von einem deutschen Amt ausgestellt worden, aber der Name des Papiers ließ sie an etwas bloß Scheinbares, Vorgetäuschtes denken. Jetzt, erst jetzt besaß sie endlich die regelrechte, unanfechtbare Erlaubnis dafür, an der Stelle zu stehen, an der sie jetzt stand. Die Straße, die vor ihr lag, gehörte auf einmal ihr, sie durfte gehen, wohin sie wollte. Die von ihr bisher so gefürchtete Fahrscheinkontrolle wurde auf der U-Bahn-Fahrt nach Hause plötzlich wünschenswert, ja sie war begierig darauf, nach ihren Papieren gefragt zu werden und dem Kontrolleur ihre Aufenthaltserlaubnis zu zeigen. Ihr war, als hätte man sie wieder aufgenommen in die Welt, als wäre sie wieder Teil der Menschheit.

60

Die Beantragung der Sozialhilfe entpuppte sich dann allerdings als ein langwieriger, nervenzermürbender Prozess. Jede Vorladung war verbunden mit endlosen Wartezeiten auf engen, stickigen Gängen voller stummer Menschen, für die es keine Sitzplätze gab; manchmal geriet jemand in Rage und begann zu schreien oder laut zu weinen. Hier stand Nastja kein Dolmetscher zur Seite, hier stolperte sie jedes Mal ins Desaster ihrer Sprachlosigkeit. Immer wieder waren die Papiere, die sie mitbrachte, die falschen – im Grunde hatte sie es nicht mit Menschen zu tun, sondern mit unberechenbaren, launischen Computern, vor denen Menschen saßen und nichts anderes taten, als die stets wechselnden Anweisungen der Maschinen an die Antragsteller weiterzugeben.

Aber irgendwann war auch das geschafft. Bei der Eröffnung eines Bankkontos half ihr wieder Tamara, die Frau ihres Neffen Maxim, der sie den Beginn ihrer Putzfrauenexistenz in Deutschland verdankte. Während man in der Ukraine früher dankbar dafür sein musste, wenn man ein Konto eröffnen durfte, und es inzwischen lieber bleibenließ, weil das Geld auf den neuen Banken zuweilen in schwarzen Löchern verschwand, schien eine deutsche Bank der sicherste und menschenfreundlichste Ort der Welt zu sein – ein Ort, an dem man nur auf sie, Nastja, gewartet hatte, um ein Girokonto für sie einzurichten und ihr mit einem liebenswürdigen Lächeln ein Startguthaben von fünf Mark zu schenken.

Bei diesem Guthaben sollte es für lange Zeit bleiben. Die fünfhundertzwanzig Mark, die das Sozialamt ihr nach der Bewilligung des Antrags monatlich überwies, hob Nastja von ihrem Konto ab und brachte sie Pjotr. Er kam nicht mehr in die Wohnung ihrer Schwester und wollte auch nicht, dass Nastja ihn besuchte. Sie hatte keine Ahnung, wo er wohnte, ob er in Berlin überhaupt eine Wohnung besaß. Sie rief ihn auf seinem mobilen Telefon an, und sie verabredeten sich in einer ruhigen Seitenstraße, wo er in einem großen, silberfarbenen Auto auf sie wartete. Statt auszusteigen, kurbelte er nur das Fenster herunter, Nastja legte ihm das Ablassgeld vom Sozialamt in die ausgestreckte Hand, und er bedankte sich, wünschte ihr viel Glück und fuhr wieder davon. Für einen Monat hatte sie sich wieder freigekauft.

Inzwischen, erzählte sie weiter, hatte sie so viele Putzstellen, dass sie jeden Tag zehn Stunden und mehr arbeitete; auch der Samstag war ein Arbeitstag für sie, manchmal sogar der Sonntag. Sie schien unerschöpfliche Kräfte zu haben, wurde nur selten müde. Im Vergleich zu ihrem Kiewer Alltag kam ihr das jetzige Leben beinah luxuriös vor. Nach zehn Stunden Arbeit hatte sie noch vierzehn Stunden Zeit, in denen sie machen konnte, was sie wollte – das hatte es in Kiew nie gegeben. Sie konnte stundenlang lesen, mit ihrer Schwester Patiencen legen oder draußen umherstreunen. Und sie wurde von Tanja, die den ganzen Tag nichts zu tun hatte, bekocht oder konnte sich auf der Straße einen Döner kaufen, statt in diversen Schlangen nach den Zutaten für das Abendessen anzustehen oder, im schlimmsten Fall, gar nichts zu haben, woraus sich ein Abendessen hätte zubereiten lassen.

Sie verdiente jetzt genug, um jeden Monat weit über tausend Mark nach Kiew schicken zu können, was aber nicht ganz einfach war. Roman besaß kein Bankkonto, einer ukrainischen Bank hätte Nastja ihr Geld sowieso nicht anvertraut, und da sie die unverschämt hohen Gebühren der privaten Geldtransferdienste in Deutschland nicht bezahlen wollte, musste sie ständig nach einer «okasija» suchen, nach jemandem, der gerade nach Kiew reiste, das Geld mitnahm und Roman übergab. Schon zu Sowjetzeiten bediente man sich anstelle von Post und Bank einer «okasija». Man ging davon aus, dass ein Paket es nicht bis zum Empfänger schaffen würde, irgendwo auf dem Weg würde jemand es aufreißen und den Inhalt, so wertlos er für ihn auch sein mochte, an sich nehmen. Briefe, vor allem solche aus ideologischem Feindesland, wurden früher geöffnet und gelesen, heute konnten sie dem allgemeinen Chaos zum Opfer fallen, zum Beispiel einem betrunkenen, demoralisierten Postboten, der sein Gehalt nicht bekam und die Tasche mit den auszutragenden Sendungen in eine Mülltonne kippte. Daher nutzte man, wie früher, ein Netz aus Privatpersonen, die auf Reisen gingen und für Verwandte, Freunde und sogar Fremde nebenbei Kurier spielten.

So einen Kurier musste Nastja jedes Mal für ihre Geldsendung nach Kiew finden. Sie selbst pflegte keine Kontakte zur ukrainisch-russischen Gemeinde in Berlin, dafür hatten ihre Neffen und deren Frauen zahlreiche Verbindungen. Der Bedarf nach einem Kurier wurde in Umlauf gesetzt, und meistens dauerte es nicht lange, bis sich jemand meldete, der gerade im Aufbruch Richtung Heimat war. Man konnte auch zur Abfahrtszeit eines Zuges zum Bahnhof Lichtenberg fahren und nach jemandem Ausschau halten, der einem als Kurier vertrauenswürdig erschien. Solche Dienste wurden in der Regel auch von Fremden nicht abgelehnt, man konnte schließlich der Nächste sein, der sie brauchen würde. Angesichts der für ukrainische Verhältnisse sehr hohen Geldsummen, die Nastja regelmäßig auf den Weg bringen musste, wagte sie es jedoch nicht, einen völlig Fremden um Mitnahme zu bitten. Sie wartete, bis sich jemand meldete, dessen Identität in der Gemeinde bekannt war, und immer ging es gut.

Romans zweite Frau Ljuba war Redakteurin bei einer Tageszeitung und bekam ihr ohnehin schmales Gehalt auch nicht mehr regelmäßig. Nastjas Zuwendungen entlohnten sie großzügig dafür, dass sie sich um Slawa kümmerte, und alle drei, Roman, seine Frau und das Kind, konnten sich jeden Tag satt essen und gelegentlich sogar etwas in einem der neuen teuren Importgeschäfte einkaufen, wo es Joghurt gab, französischen Käse, tiefgefrorene Pizzen und vieles andere, das sie bisher noch nie gekostet hatten. Roman hatte seinen Enkel eingekleidet und auch sich selbst, einen Teil des Geldes aus Deutschland verteilte er unter bedürftigen und kranken Freunden. Nastja war zu ihrer aller Ernährerin geworden.

Nun, da sie im Besitz einer Aufenthaltserlaubnis war, begab sie sich des Öfteren auf lange Streifzüge durch die Stadt, selbst nach einem zehnstündigen Arbeitstag noch mit leichtem Schritt. Sie ging und ging, und ab und zu sah sie in ihrem Rucksack nach, ob das wundertätige Papier noch da war, das ihr diese Streifzüge erlaubte. Erst jetzt, da sie nicht mehr auf der Flucht war, begann sie, ihre Umgebung wahrzunehmen, in der sie inzwischen schon so lange lebte.

Die Stadt war in Aufruhr, man feierte immer noch den Fall der Mauer. Im Bezirk Prenzlauer Berg, wo Nastja am liebsten umherlief, sah man Szenen und Gestalten, wie sie ihr aus Kiew völlig unbekannt waren. Es wurde auf der Straße getanzt, Feuerschlucker zeigten ihre waghalsigen Künste, hier spielte eine wilde osteuropäische Straßenband, dort führte ein Mann in kurzen Hosen auf seinem rechten Oberschenkel die eintätowierte Freiheitsstatue und auf dem linken den Eiffelturm spazieren, eine junge Frau hatte langes, grasgrünes Haar, eine andere trug hohe Schnürstiefel und auf dem Kopf ein riesiges Geflecht aus verfilzten, heufarbenen Haaren. Die morschen Häuser, deren Substanz an alten, bröseligen Kuchen erinnerte, waren über und über bemalt und beschriftet, als hätten Außerirdische ihre unleserlichen Zeichen darauf hinterlassen. Die Baugerüste, die vor vielen Häusern standen, waren von den Bewohnern zu Balkons umfunktioniert worden, Leute kletterten aus den Fenstern und ließen sich auf den Laufbohlen der Gerüste nieder, manche hievten Stühle und sogar Sofas nach draußen. Presslufthämmer, von deren durchdringendem Geräusch man überall verfolgt wurde, waren ganz offensichtlich dabei, diese Welt in irgendeine andere, neue zu verwandeln, die für Nastja nicht zu erahnen war.

Sie hatte gar nicht gewusst, wie tröstlich es für sie in der Ukraine gewesen war, daran glauben zu können, dass es eine bessere Welt gab als ihre eigene. Jetzt, da sie in der besseren Welt angekommen war, hatte sie diesen Trost verloren. Hinter dem Horizont wartete kein Versprechen mehr, kein Ort, auf den sie ihre Hoffnungen richten, kein Gelobtes Land, in das sie sich hineinträumen konnte.

Und doch gefiel ihr, was sie sah. Immer wieder staunte sie über die vielen Kinder auf den Straßen. Sie wurden in bunten Tüchern getragen, die sich die Mütter und auch manche Väter um den Oberkörper banden, sie wurden gefahren, in Kinderwagen, in speziellen Sitzen auf dem Gepäckträger eines Fahrrads, in kleinen, von Fahrrädern gezogenen Kutschen. Andere rannten umher, spielten mit einem der zahlreichen, freilaufenden Hunde, die hier keiner zu fürchten schien, oder bewegten sich auf hölzernen Laufrädern. So etwas war in der Ukraine undenkbar. Dort wurden Kinder ängstlich gehütet, vor jedem Luftzug bewahrt, pausenlos bewacht, damit sie nicht hinfielen oder etwas taten, das sie nicht tun durften. Draußen wurden sie immer an der festen Hand der Mutter geführt, in der Regel fehlten sie im Straßenbild ganz, weil niemand sein Kind auf alltägliche Gänge mitnahm, und kaum jemand ging in Kiew auf den Straßen spazieren, die Straßen dienten nur als Wege zu einem bestimmten Ziel, zur Metro, zu einem Geschäft. Hier schienen viele zum Vergnügen auf der Straße zu sein, sie schlenderten umher und unterhielten sich, trugen legere, oft nachlässige Kleidung, sie saßen in Straßencafés und sonnten sich in kleinen Grünanlagen oder auf Stühlen vor ihren Hauseingängen, viele lasen. Jeder lächelte hier jeden an, alle schienen sich zu kennen, irgendein Geheimnis miteinander zu teilen. Aus Parterrefenstern wurden Bier, belegte Brote, Kuchen verkauft, in den Straßenauslagen kleiner Geschäfte, die sich oft hinter Baugerüsten versteckten, gab es Obst- und Gemüsesorten, die Nastja noch nie gesehen hatte, frische Kräuter, deren Namen sie nicht kannte, makellose, rotbackige Äpfel glänzten wie lackiert.

Oft genügte es, eine Straße zu überqueren, um plötzlich in einer anderen Welt zu sein. Sie wanderte durch Berlin wie durch verschiedene Länder, denen nur gemeinsam war, dass sie ihre Sprache nicht beherrschte. Überall die lateinische Schrift, die sie mittlerweile zwar schon fast flüssig lesen konnte, aber selten verstand sie, was sie las. Sie führte das beschämende Leben einer Analphabetin, die deutsche Sprache blieb ihr auf eine hartnäckige, unerbittliche Weise fremd – als wehrte sie sich dagegen, von ihr in den Mund genommen zu werden, als wäre sie, Nastja, dafür nicht gut genug. Und zugleich war es, als würde sie einen Verrat begehen, wenn sie das Deutsche in sich einließe, Verrat an der Welt, aus der sie kam und die, so armselig und desolat sie auch sein mochte, für immer die ihre bleiben würde.

Zuweilen kam es vor, dass sie auf einen ukrainischen Straßenmusikanten traf, der auf einem Platz oder in einer Unterführung Geige oder Ziehharmonika spielte, meist waren es die ihr gut bekannten ukrainischen Volksmelodien. Einer von ihnen, der sich mit seiner

Ziehharmonika auf die Stufen vor dem Reichstag gesetzt hatte, erzählte ihr, dass er auf irgendwelchen illegalen, über Polen führenden Wegen mehrmals im Jahr nach Deutschland kam, einen Monat lang im Hinterzimmer eines russischen Restaurants schlief und tagsüber auf der Straße spielte. Dann fuhr er zurück in sein ukrainisches Dorf, zu seiner Familie, die von dem in Berlin erspielten Geld drei oder vier Monate leben konnte. Erst nach einer Weile musste er sich wieder auf seinen verbotenen Weg nach Berlin machen.

Die kurze Unterhaltung mit einem Landsmann hatte wieder einmal das Heimweh aufgewühlt, das zum Grundgefühl ihres Lebens geworden war. So lange schon hatte sie Slawa nicht mehr gesehen, den mageren, bleichen Jungen mit den zwei fehlenden Vorderzähnen, der später einmal Zauberer werden wollte und immer so tapfer behauptet hatte, dass er nicht hungrig sei, wirklich nicht, sie, seine Großmutter, solle selber etwas essen. Sie sehnte sich nach ihren Freundinnen, nach Schljapka, die immer so lustige Hüte getragen hatte, nach Sonetschka mit ihren kupferfarbenen Locken und den unerklärlichen Stotteranfällen, nach der leisen, altmodischen Lenka, die aussah wie eine Hauslehrerin des letzten Jahrhunderts und urplötzlich etwas so Komisches von sich gab, dass sich alle bogen vor Lachen. Von ihrer Tochter Vika hatte sie wieder einmal seit Monaten nichts gehört.

Einmal konnte sie der Versuchung nicht widerstehen und ging vom Wedding hinüber nach Mitte, zur Adresse ihrer angeblichen jüdischen Eltern. Auf einem der Klingelschilder fand sie tatsächlich den Namen Katz. Pjotr bediente sich also der Realität für die Fiktion, Baruch und Rosa Katz gab es wirklich. Nach der Anordnung der Klingelschilder zu urteilen, wohnten sie im ersten Stock des Hauses, auf der linken Seite, und ahnten nicht, dass jetzt eine Frau mit ihrem Namen im Pass unten auf der Straße stand. Es war eines der halb verfallenen Häuser, die unter dem abgeplatzten Putz ihre schwarz gewordene, zerfressene Substanz zeigten, die drei Fenster im ersten Stock links waren blind vor Schmutz, eine verkümmerte Zimmerpflanze drückte ihr letztes, mattes Blattwerk gegen die lichtlose Scheibe. Nastja war auf die andere Straßenseite hinübergegangen, und während sie forschend zu den Fenstern hinaufsah, hinter denen sie das Ehepaar Katz vermutete, öffnete sich plötzlich die Haustür, und eine alte Frau mit Einkaufstasche trat heraus. Nastja fand, dass sie sehr ukrainisch aussah in ihrem geblümten Kleid, mit den stark nachgezogenen Augenbrauen und den abgetretenen Schuhen, in denen sie über den Asphalt schlurfte. Sie spürte, wie ihr Herz zu hämmern begann. War sie das, die Frau, deren Namen sie sich angeeignet hatte? Gleich würde sie den Kopf drehen, zu ihr hersehen und sie erkennen ... Einen Moment lang stand Nastja wie gelähmt, dann gab sie sich einen Ruck und lief davon.

Und dann, eines frühen Morgens, klingelte es an der Tür ihrer Schwester. Diesmal war es keine Halluzination, keine Angstphantasie wie einst, es hatte wirklich geklingelt. Das, was sie beinah ihr Leben lang in der Ukraine gefürchtet hatte, geschah jetzt in Berlin, es war die klassische Situation: Das Läuten der Türklingel in der Morgendämmerung, und draußen stand die Polizei. Nur dass die Polizisten keine ukrainischen, sondern deutsche Uniformen trugen. Im Nu war die ganze Wohnung auf den Kopf gestellt, jede Schranktür aufgerissen, jede Schublade ausgekippt, ihr Rucksack von innen nach außen gekehrt. Nastjas Pass und ihre Aufenthaltsgenehmigung wurden beschlagnahmt, dann musste sie sich anziehen und den Polizisten aufs Revier folgen.

Wenn sie es richtig verstanden hatte, war Pjotr aufgeflogen. Er hatte nicht allein gearbeitet, sondern gehörte zu einem Ring aus Passfälschern und Menschenhändlern, die solchen wie ihr zu einer Aufenthaltsgenehmigung verhalfen und osteuropäische Frauen zur Prostitution nach Deutschland einschleusten. Die Bandenmitglieder waren alle verhaftet worden, Nastja hingegen galt nicht als Täterin, sondern als Opfer, man warf ihr nur illegalen Aufenthalt in Deutschland vor. Zu ihrer Überraschung wurde sie nicht verhaftet, sondern durfte wieder gehen, mit der Auflage, dass sie innerhalb von drei Tagen Deutschland verlassen müsse, andernfalls drohe ihr eine Zwangsabschiebung. Sie hatte bereits ein Zugticket nach Kiew gekauft und ihren Koffer gepackt.

Nachdem Nastja mir das alles erzählt hatte, blieb mir eine letzte Chance, mich für immer von ihr zu verabschieden und damit meiner mir von Anfang an bestimmten Verwicklung in ihre Geschichte zu entgehen. Ich hätte den Dingen nur ihren Lauf lassen müssen, aber vor meinem inneren Auge erschien wieder, wie so oft im Zusammenhang mit Nastja, meine in Deutschland unwillkommen gewesene, immer von Abschiebung bedrohte Mutter. Für sie hatte ich nichts tun können, ich war damals noch ein Kind, aber für Nastja konnte ich etwas tun, konnte es zumindest versuchen.

Ich rief eine Bekannte an, von der ich wusste, dass sie mit einer engagierten Anwältin für Ausländerrecht befreundet war. Von dieser Anwältin erfuhr ich, dass man gegen eine Abschiebung Einspruch einlegen und eine Aussetzung beantragen könne, dann dürfe der oder die Betroffene bis zur Entscheidung über den Antrag in Deutschland bleiben. Wegen der Überlastung der Behörden werde das mindestens drei Monate dauern, wahrscheinlich länger. Gegen die Ablehnung des Widerspruchs, die leider zu erwarten sei, könne man dann noch einmal Widerspruch einlegen, und bei erneuter Ablehnung bleibe die Möglichkeit, den Rechtsweg bis zur letzten Instanz auszuschöpfen. Am Ende werde man die Abschiebung wohl kaum verhindern können, aber bis dahin hätten wir viel Zeit, uns etwas zu überlegen.

Am nächsten Tag fuhr Nastja nach Kreuzberg, wo sich die Kanzlei der Anwältin befand. Dort wurde ihr für eine Gebühr von fünfzig Mark eine gestempelte Kopie des Widerspruchsschreibens ausgehändigt. Die galt als Aufenthaltserlaubnis bis zum Eingang der behördlichen Antwort. Nastja staunte. Für das, was sie getan hatte, hätte man sie in ihrer Heimat, zumal in der Sowjetzeit, an einen weit entfernten, sehr kalten Ort geschickt, wo sie hätte Holz fällen müssen und keine guten Überlebenschancen gehabt hätte. Hier hatte die deutsche Polizei sie nicht nur gehen lassen, hier konnte eine Anwältin einfach mit den Fingern schnippen und eine offizielle behördliche Entscheidung vorübergehend aufheben. Nastja war, als hielte sie erneut so etwas wie eine Fiktionsbescheinigung in der Hand, ein nicht ganz wirkliches Dokument, das ihr trotz des Verbrechens, das sie begangen hatte, auf wundersame Weise noch einmal einige Monate in Deutschland schenkte.

Von Artjom, ihrem einstigen Bürgen, dem sie ihre Einreise nach Deutschland verdankte, erfuhr sie später, dass sie in Berlin fünfzehn Geschwister gehabt hatte. Pjotr war ein Verwandter des Ehepaares Katz, er hatte sich Zugang zu den persönlichen Dokumenten der alten Leute verschafft und ihnen im Lauf der Zeit insgesamt sechzehn Kinder beschert, russische und ukrainische Söhne und Töchter, die alle mit falschen Pässen und dem Geburtsnamen Katz in Berlin lebten oder einmal gelebt hatten. Das ahnungslose, kinderlose Ehepaar sei aus allen Wolken gefallen, als es von seinem Kinderreichtum erfahren habe, der ihm in so spätem Alter zugewachsen sei. Aber in Wirklichkeit, so vermutete Artjom, hätten die beiden Alten gemeinsame Sache mit Pjotr gemacht und einen Teil der Sozialhilfe abbekommen, die die vielen Kinder Monat für Monat für ihr Bleiberecht in Deutschland hätten abliefern müssen. Von alldem berichtete Artjom, der clevere Gebrauchtwagenhändler, lachend und mit sichtbarem Genuss an dem geistreichen Coup, den er kolportieren durfte. Nur wie es Pjotr und seinen Kumpanen, die inzwischen im Gefängnis saßen, gelungen war, die deutschen Behörden in so großem Stil hinters Licht zu führen, wusste er nicht zu sagen; das blieb ein Geheimnis.

Ich grübelte darüber nach, was die Anwältin damit gemeint haben könnte, als sie sagte, wir hätten Zeit, uns «etwas zu überlegen». Demnach musste es irgendwelche Wege geben, die Abschiebung zu verhindern. Mir fiel nur der banalste ein: Nastja musste einen deutschen Mann heiraten. Allerdings hatten wir noch nicht darüber gesprochen, was sie vorhatte, ob sie nach Ablauf der Frist überhaupt noch in Deutschland würde bleiben wollen. Vielleicht wollte sie ja in der ihr zusätzlich geschenkten Zeit nur noch so viel Geld wie möglich verdienen und danach in die Ukraine zurückkehren. Vielleicht war die Abschiebung für sie ein Stoß in die Richtung, in die es sie sowieso zog?

Aber die Frage nach einer Rückkehr stellte sich im Grunde gar nicht. In ihrer Wohnung lebten inzwischen Roman und Ljuba, dessen zweite Frau, die sich nach wie vor mit viel Hingabe um das Kind kümmerte. Nastja hätte mit dieser neuen kleinen Familie zusammenleben müssen, als Untergeschlüpfte in ihrer eigenen Wohnung und als Schmarotzerin, die Roman auf der Tasche lag. Auch die allgemeine Lage in der Ukraine hatte sich nicht gebessert. Auf den Straßen in Kiew gab es immer mehr Bettler und obdachlose Kinder, ein großer Teil der Bevölkerung lebte weiterhin an der Armutsgrenze, immer mehr des fruchtbaren ukrainischen Mutterbodens wurde von ausländischen Investoren aufgekauft, weil die Ukraine nicht die Mittel zur Bestellung der brach liegenden Felder besaß. Kiew hatte die mit Abstand niedrigste Kaufkraft aller europäischen Metropolen.

Als ich Nastja meine Idee andeutete, lachte sie. Welcher deutsche Mann sollte eine wie sie haben wollen, eine mittelalte ukrainische Putzfrau, die nichts besaß und mit der er sich nicht einmal in seiner Sprache unterhalten konnte? Sie hatte natürlich nicht ganz unrecht. Sie war keine «Traumfrau» für einen deutschen Mann, der auf dem osteuropäischen Heiratsmarkt sein Glück suchte. So einer wusste um sein Kapital, er bot die begehrte Aufenthaltserlaubnis für Deutschland, und dafür wollte er natürlich eine möglichst junge und gutaussehende Frau haben. Aber Nastja besaß nicht wenig von der begehrten äußerlichen Attraktivität, sie hatte trotz ihres Alters eine «Traumfigur», und man konnte sie ohne weiteres für vierzig oder noch jünger halten. Größeres Unbehagen bereitete mir der Gedanke an das zu erwartende Bildungsgefälle zwischen ihr und jenen Männern, die hinter jungen Frauen aus Osteuropa und Asien her waren und in der Regel zu den schlichteren Gemütern gehörten. Außerdem war mir klar, dass sie nicht in ein deutsches Wohnzimmer passen würde, dafür war sie nicht gemacht. Aber etwas anderes als eine Heirat, die ihr zu einer Aufenthaltserlaubnis verhelfen würde, fiel mir nicht ein.

Nastja überlegte ein paar Tage, dann kam sie wieder zu mir, und wir setzten gemeinsam eine Heiratsanzeige auf. Allein das Wort «Ukrainerin» verriet natürlich, dass es hier einer Frau um das Bleiberecht in Deutschland ging und der Rest des Textes dekorative Verpackung war. Mit einem etwas mulmigen Gefühl ließ ich die Annonce in die «Zweite Hand» setzen, das Anzeigenblatt, über das ich auch Nastja gefunden hatte. Da sie mit ihrem Aufenthaltsstatus nicht in Deutschland heiraten konnte und die notwendigen Heiratspapiere ohnehin in Kiew lagen, brauchten wir einen Mann, der in baldiger Zeit dazu bereit sein würde, seine Heiratspapiere zusammenzutragen, mit Nastja nach Kiew zu reisen und sie dort auf dem Standesamt ihres Bezirks zu heiraten, damit sie als seine Ehefrau nach Deutschland zurückkehren konnte.

Dieser Mann fand sich erstaunlich schnell: ein achtundfünfzigjähriger Kranführer namens Achim, der sich sofort in sie verliebte. Sie verliebte sich in seine rote Harley-Davidson, auf der er gleich beim zweiten Treffen mit ihr eine Spritztour in den Spreewald machte. Nastja war wieder zwanzig und brauste mit Roman auf die Krim. Achim versprach, mit ihr nach Paris zu fahren, nach Rom, ans Mittelmeer, wohin sie wollte. Auf einmal stand ihr die Welt offen.

Auf einem Hochzeitsfoto, das Nastja mir später zeigte, sah man sie in einer weißen Spitzenbluse und einem engen schwarzen Rock, lächelnd, der Wind in ihren rötlich getönten Haaren schien bereits der Fahrtwind zukünftiger Motorradreisen zu sein. In einer Hand hielt sie einen Strauß roter Nelken, die andere lag stramm an der Rocknaht – die einstige Junge Pionierin. Neben ihr stand der deutsche Mann, von dem sie so gut wie gar nichts wusste und dessen Frau sie eben geworden war. Er hatte den Arm um ihre Schultern gelegt, ein schmächtiges Männlein, das wie eingeschweißt war in eine lederne Kluft mit Silbernoppen und unverständlichen Ketten, die an seinem Hosengürtel befestigt waren und offenbar zu einem originären Rockeroutfit gehörten. Sein Gesicht verschwand hinter einer überdimensionalen Sonnenbrille und war zugewuchert von einer Minipli, einem Dschungel aus Afrolocken. Von dem ganzen Männlein sah man kaum mehr als Haar, Leder und Metall. Im Hintergrund konnte man das Grabmal des unbekannten Soldaten erkennen, vor dem sich Kiewer Hochzeitspaare fotografieren ließen, bevor die Braut ihm den Hochzeitsstrauß zu Füßen legte.

Sie hatte mit Achim für einen ganzen Monat nach Kiew reisen müssen, weil eine Eheschließung mit einem Ausländer, selbst wenn man den üblichen Weg beschritt und etwas zuzahlte, nicht schneller zu bewerkstelligen war. Da die Hotels in Kiew ihren Preis hatten, blieb Nastja nichts anderes übrig, als die Zeit bis zum Hochzeitstermin mit Achim in ihrer alten Wohnung zu verbringen, zusammen mit Slawa, Roman und Ljuba, die inzwischen schwer an Krebs erkrankt war. Sie mussten zu fünft in den zwei kleinen Zimmern hausen – angesichts eines Gastes aus dem westlichen Ausland eine selbst für ukrainische Wohnverhältnisse nicht ganz gewöhnliche Zwangsgemeinschaft. Achim sprach natürlich kein Wort Russisch und verspürte auch keinerlei Verlangen, mit seinen Gastgebern in Kontakt zu treten, er verstand wahrscheinlich nicht einmal so recht, wer Roman, Ljuba und der kleine Slawa waren. Es blieb ein Rätsel, wieso er bei seiner fast phobischen Abneigung gegen alles

Osteuropäische darauf verfallen war, ausgerechnet eine Ukrainerin zu heiraten. Sein Widerwille ging so weit, dass er in seiner Geburtsstadt Berlin noch nie einen Fuß in einen ehemaligen DDR-Stadtteil gesetzt hatte, selbst mit dem Auto fuhr er große Umwege, wenn er auf direktem Weg zu seinem Ziel einen östlichen Bezirk hätte durchqueren müssen; er begründete das damit, dass es ihm dort zu schmutzig sei. Nun musste er vier Wochen lang in einem heruntergekommenen Plattenbau in Kiew wohnen, wo es im Treppenhaus nach verstopften Müllschluckern stank und wo in den klappernden alten Lift gepinkelt wurde. Ljuba lag hinter einer dünnen Wand in ihrem Bett und stöhnte. Nastja pürierte gekochte Möhren für sie und brühte Tee aus sibirischen Kräutern auf, der ihr etwas gegen die Schmerzen half. Roman war oft den ganzen Tag auf der Jagd nach Blutkonserven, die Ljuba dringend brauchte und die nur mit Glück in einem der Krankenhäuser der Stadt für viel Geld zu bekommen waren.

Endlich hatte Nastja ihren Enkel wieder in die Arme schließen können, einen groß gewordenen, ernsten Jungen, der nichts Kindliches mehr an sich hatte. Nach seinem Vater hatte ihn erst seine Mutter verlassen, dann seine Großmutter, jetzt sah er Tag für Tag dem Sterben der Frau zu, die ihn an Mutters statt angenommen hatte. Und er wusste, dass auch seine Großmutter ihn bald wieder verlassen würde, sie würde weggehen mit dem stummen, grimmigen Mann, der tagein, tagaus in seiner schwarzen Lederverpackung auf dem Balkon saß und rauchte. Er liebte sie beide, Oma Nastja und

Mama Ljuba, er wusste, dass sie ihn auch liebten, aber trotzdem konnten sie nicht bei ihm bleiben. An seine richtige Mutter, die ebenfalls nicht bei ihm hatte bleiben können, erinnerte er sich nur noch vage, an seinen Vater überhaupt nicht mehr.

Gleich nach der Eheschließung fuhr Achim nach Berlin zurück, und Nastja ging in Kiew wieder einmal zur deutschen Botschaft und beantragte ein Visum. Sie war der Überzeugung, dass man ihr das als Ehefrau eines deutschen Mannes nicht verweigern könne, aber diesmal hatte sie die Großmut des deutschen Staates überschätzt. Sie erfuhr, dass für sie eine Einreisesperre von drei Monaten bestand, und es war trotz ihrer Heirat mitnichten sicher, dass sie in Deutschland eine Aufenthaltserlaubnis bekommen würde. Sobald sie wieder im deutschen Rechtsraum sei, so hieß es, werde man ein Gerichtsverfahren wegen Vortäuschung einer falschen Identität gegen sie einleiten. Je nach Ausgang des Verfahrens könne sie erst danach eine Verlängerung ihres Bleiberechts in Deutschland beantragen, zunächst nur für die Dauer eines Jahres. Danach könne sie eine Aufenthaltserlaubnis für zwei weitere Jahre bekommen, sofern ihre Ehe zu diesem Zeitpunkt noch bestehe und sofern sie sich nicht erneut strafbar gemacht habe.

Nastja rief mich an und verabschiedete sich ein zweites Mal von mir. Die ganze Heiraterei habe ihr nichts genutzt, sie wolle auf keinen Fall zurück nach Deutschland, nur um sich dann einem Gerichtsverfahren auszusetzen und womöglich im Gefängnis zu landen. Sie wusste zwar nach wie vor nicht, wovon sie in Kiew leben sollte, aber immerhin konnte sie wieder für Slawa da sein, sie konnte den Haushalt führen und Roman entlasten, indem sie ihm bei Ljubas Pflege half. Sie dankte mir für alles, was ich für sie getan hätte, entschuldigte sich dafür, dass sie mir so maßlos zur Last gefallen sei, und äußerte die Hoffnung, dass ich sie einmal in Kiew besuchen käme. Sollte ich einmal in eine Notlage geraten, wäre sie immer für mich da. Sie versprach mir sogar, mich im Notfall bei sich aufzunehmen. Zwar sei es sehr eng bei ihr, aber für mich würde sie immer ein Plätzchen finden.

Ich rief erneut die Anwältin für Ausländerrecht an, und sie erklärte mir, dass Nastja auf keinen Fall mit einer Gefängnisstrafe zu rechnen habe. Sie müsse nur die Sperrfrist von drei Monaten abwarten, dann könne sie ein Visum beantragen und getrost nach Deutschland zurückkehren. Sie habe höchstens mit einer nicht allzu hohen Geldstrafe zu rechnen, die sie zudem in kleinen Raten abstottern könne. Zweifellos werde sie, wenn sie erst einmal hier sei, als Ehefrau eines deutschen Mannes eine Aufenthaltserlaubnis bekommen, wenn zunächst auch nur für ein Jahr. Nach sechs Jahren könne sie dann eine unbefristete Aufenthaltsgenehmigung beantragen.

Und wirklich, ein paar Monate später begann Nastjas Leben als Achims Ehefrau in Berlin. Die Vorzeichen waren nicht die besten. Achim hatte, während sie in Kiew auf das Visum wartete, seine Arbeit als Kranführer verloren und konnte sich die teure Dreizimmerwohnung

in Charlottenburg nicht mehr leisten, so jedenfalls erzählte er es ihr. Er brachte sie vom Flughafen Tegel nach
Neukölln-Britz, wo er eine kleine Zweizimmerwoh-
nung in einer noch unfertigen Neubausiedlung gemietet
hatte. Auch seine schicken Charlottenburger Möbel
waren verschwunden, was sie ohne Bedauern, nur mit
einer gewissen Verwunderung registrierte, aber dass sie
nun an einem öden Stadtrand von Berlin wohnen sollte,
war ein Schock für sie. Sie fand sich in der ländlichen
Tristesse ihrer Kindheit wieder, unweit der Felder und
Wälder Brandenburgs, aus denen sie sofort die ihr so
gut bekannte Schwermut anwehte. Am liebsten wäre sie
wieder auf und davon gegangen, zurück auf das Sofa bei
ihrer Schwester im Wedding.

Der Verlust der Arbeitsstelle war nicht das einzige
Unglück, das Achim während ihrer Abwesenheit ereilt
hatte. Vor einigen Jahren, so erzählte er ihr, habe er Ur-
laub in Spanien gemacht und wäre beim Baden im Meer
fast ertrunken. Ein anderer deutscher Tourist habe seine Not bemerkt und ihn im letzten Moment aus dem
Wasser gezogen. Vor einiger Zeit sei dieser Mann zu ihm
gekommen und habe ihn um einen Gefallen gebeten. Er
hatte gerade eine junge Frau geheiratet und wollte einen
Kredit für den Bau eines Eigenheims aufnehmen. Achim
sollte bei der Bank für ihn bürgen. Diesen Gefallen
konnte er seinem Lebensretter nicht abschlagen. Er unterschrieb den Bürgschaftsvertrag, aber als er jetzt von
seiner Heiratsreise nach Kiew zurückgekehrt war, stellte sich heraus, dass sein Freund sich in der Zwischen-
zeit das Leben genommen hatte und die Witwe nicht in

der Lage war, die monatlichen Raten zur Tilgung des Kredits zu bezahlen. Dazu war jetzt der Bürge, also er, verpflichtet. Er eröffnete Nastja, dass nach Abzug der Mietkosten und des Betrages, den er nun monatlich an die Bank überweisen müsse, fast nichts mehr von seinem Arbeitslosengeld übrig bleibe. Sie, Nastja, brauche ihm nur vorübergehend unter die Arme zu greifen, er werde schon bald wieder eine Arbeit als Kranführer finden und viel Geld verdienen. Sie werde dann nicht mehr als Putzfrau arbeiten müssen, sondern zu Hause bleiben können, sie würden zurück in die Stadt ziehen, in eine schöne, große Wohnung, und alle Reisen unternehmen, die er ihr versprochen habe.

Die Rückgabe von Schulden war für Nastja Ehrensache, und da sie Achim nun einmal geheiratet hatte, war seine Ehre auch die ihre. Sie durfte ihn nicht im Stich lassen, ein Ehepaar musste an einem Strang ziehen. Zum Glück hatte sie fast alle ihrer alten Putzstellen in Berlin erneut antreten können, jeder war froh über ihre Rückkehr, sodass sie wieder viel Arbeit hatte und genauso gut verdiente wie vorher. Sie war der Meinung, dass man Schulden so schnell wie möglich zurückgeben sollte, deshalb schickte sie von nun an weniger Geld nach Kiew; den Löwenanteil ihres Verdienstes gab sie ihrem arbeitslosen Mann, damit er den Kredit seines toten Freundes tilgen konnte.

Früher, vom Wedding aus, hatte sie ihre Putzstellen schnell erreichen können, jetzt musste sie weite Wege zurücklegen. Annähernd drei Stunden am Tag verbrachte sie in öffentlichen Verkehrsmitteln, auf überfüllten

Bahnhöfen und in zugigen Unterführungen. Wenn sie abends aus dem Bus stieg, hatte sie noch einen Fußweg von zehn Minuten vor sich. Die dunkle, menschenleere Straße führte an Feldern entlang, über die jetzt, im Winter, ein schneidender Wind fegte. Mit ihrem Rucksack auf dem Rücken, die Hände in den Taschen ihrer Steppjacke vergraben, die Mütze tief ins Gesicht gezogen, bis zu den Augen eingemummt in ihren Schal, rannte sie fast, während sie sich mit Blicken an die erleuchteten Fenster der bebauten Straßenseite klammerte. Vor ihrem Haus stand unter einer grauen Abdeckplane Achims Harley-Davidson die während Nastjas Abwesenheit auch ein Unglück ereilt hatte: Sie hatte einen Motorschaden erlitten und fuhr nicht mehr. Für die Reparatur hatte Achim kein Geld.

Außer dem Motorrad besaß er noch einen alten, ebenfalls roten Mercedes, der das Zentrum des Universums für ihn zu sein schien. Den Kühlergrill hatte er mit verschiedenen Glücksbringern dekoriert, mehreren Hufeisen, vierblättrigen Kleeblättern, metallenen Marienkäfern, Glückspfennigen und einer Swastika. Mindestens einmal pro Tag besuchte er sein Auto draußen auf der Straße und prüfte, ob der Motor noch ansprang, die Scheibenwischer noch wischten, der Blinker noch blinkte. Er ging um das Auto herum und inspizierte den Lack penibel auf Kratzer, auf Verletzungen, die ein bösartiger Passant ihm beigebracht haben könnte, was für ihn wohl schmerzhafter gewesen wäre als eine Verletzung seiner eigenen Haut. Er stellte alles Mögliche mit dem Auto an, er tat nur eines nicht: Er fuhr nicht damit.

Die einzige Ausnahme stellten die wöchentlichen Einkaufsfahrten zum etwa fünf Kilometer entfernten Supermarkt dar, auf denen Nastja ihn begleiten musste. Sie war in ihrem Leben nur selten Auto gefahren, in einem Mercedes hatte sie sowieso noch nie gesessen, jetzt fürchtete sie sich die ganze Woche vor der unvermeidbaren Unternehmung. Achim befand sich im Krieg mit den anderen Autofahrern, sie alle waren Feinde für ihn. Er hupte unablässig, gab wüste Beschimpfungen von sich, versuchte, andere Autos von der Fahrbahn abzudrängen, er beschleunigte furios und bremste so abrupt, dass Nastja ohne Sicherheitsgurt durch die Frontscheibe geflogen wäre. Er war der Meinung, dass alle anderen Schwachköpfe, Vollidioten seien, denen er zeigen müsse, wo es langging. Mehr als vor einem Unfall fürchtete sie sich vor Achim, vor dem unbegreiflichen Hass, mit dem er aufgeladen war.

Einmal, als sie mehr aus Versehen das Handschuhfach öffnete, sah sie, dass es überquoll von Pornoheften. Schnell schloss sie die Klappe wieder, erschrocken darüber, dass sie völlig unabsichtlich in ein Geheimnis ihres Mannes eingedrungen war und ihn in eine Situation gebracht hatte, die ihm sehr peinlich sein musste. Aber er reagierte auf ihre Entdeckung so gelassen und beiläufig, dass sie sich sofort ihres Erschreckens und, mehr noch, ihrer rückständigen ukrainischen Heimat schämte, in der, soviel sie wusste, der Besitz solcher Hefte immer noch als Skandalon galt, während für einen deutschen Mann so etwas offenbar ganz normal war.

Ihr Liebesleben mit Roman war in den beengten

Wohnverhältnissen in Kiew allmählich eingeschlafen, und wenn sie ehrlich war, hatte sie an Achim nicht nur die Harley-Davidson fasziniert, sondern auch sein Wissen um den weiblichen Körper, von dem die ukrainischen Männer in der Regel keine Ahnung hatten. Sie stellte einen nicht ganz legitimen Zusammenhang zwischen Achims sexueller Aufgeklärtheit und den Pornoheften im Handschuhfach seines Autos her, beides schien ihr zusammenzugehören und war vielleicht Teil des kulturellen Unterschieds zwischen einem deutschen und einem ukrainischen Mann. Allerdings hatten die lustvollen Stunden, die sie am Anfang mit Achim verbracht hatte, sehr schnell ihren Reiz für sie verloren. Je länger sie ihn kannte, desto fremder wurde er ihr, desto mehr stieß er sie ab. Aber sie hielt es ihm zugute, dass er sie nicht bedrängte, sich nicht einfach sein Recht als Ehemann nahm, wie ein Ukrainer es wahrscheinlich getan hätte.

Wenn Achim mit ihr sprach, tat er es immer in Kindersprache oder so, als wäre er der Ausländer. Er benutzte eine vereinfachte Grammatik und Syntax, sagte alles im Infinitiv und Nominativ, und das in seinem markanten Berliner Dialekt. Es war kein idealer Sprachunterricht für Nastja, aber selbst wenn sie perfekt Deutsch gesprochen hätte oder Achim perfekt Russisch, hätten die beiden einander nichts zu sagen gehabt, im Gegenteil – dann wäre nur umso deutlicher hervorgetreten, dass sie nichts gemeinsam hatten. Achims Welt schien nur aus seinem Mercedes, seinem Computer und dem Fernseher zu bestehen. Wenn er nicht irgendwelche geheimnisvollen, für ihn offenbar höchst dringlichen Dinge an seinem PC verfolgte, saß er auf dem Sofa und sah sich amerikanische Actionfilme an.

Währenddessen lag Nastja abends im Schlafzimmer auf dem Bett und las. Sie hatte sich schon vor langer Zeit in der Staatsbibliothek eingeschrieben, dort gab es viele deutsche Bücher in russischer Übersetzung. Sie las zum ersten Mal Heinrich Heine, Hermann Hesse, Theodor Fontane, Max Frisch – Namen, die Achim, für den Puschkin nur eine Wodkamarke war, noch nie gehört hatte. Er lachte Nastja aus und nannte sie «ukrainische Holzkopp», weil sie immerzu Bücher las, sogar Gedichte. So etwas taten in seinen Augen nur Leute, die völlig bekloppt waren, nicht alle Tassen im Schrank hatten.

Jeden Tag erwartete Nastja ihren Prozess. Noch nie in ihrem Leben hatte sie etwas mit einem Gericht zu tun gehabt, und obwohl die Anwältin versichert hatte, dass ihr nichts Böses drohe, erfüllte die unabwendbar bevorstehende Verhandlung sie mit jener lähmenden, instinktiven Angst, gegen die sie machtlos war. Sie konnte ihre Vorstellungskraft nicht zähmen, die ihr immer wieder das Schlimmste suggerierte. Das Wissen darum, dass Deutschland nicht die Sowjetunion war, hatte keinen Einfluss auf diese Angst. Nastja fühlte sich dem Staat gegenüber grundsätzlich schuldig, schon kraft Geburt, und die aus dieser Erbsünde resultierende religiöse Angst ließ sich mit rationalen Argumenten nicht bekämpfen.

Als es schließlich so weit war, musste sie nicht einmal zum Gerichtstermin erscheinen. Die Verhandlung fand ohne sie statt, in Abwesenheit wurde sie wahlweise zu einem einmonatigen Arbeitseinsatz in einer sozialen Einrichtung oder zu tausend Mark Strafe verurteilt. Die Wahl war einfach für sie. Hätte sie einen Monat lang auf ihren Verdienst als Putzfrau verzichtet, hätte sie deutlich mehr verloren als tausend Mark. Also bezahlte sie die Strafe, und nur anderthalb Monate später hielt sie die beantragte Aufenthaltserlaubnis für ein Jahr in der Hand. Sie hatte es geschafft. Sie war angekommen in der Legalität, in ihrem neuen Leben in Deutschland, zumindest für ein Jahr.

Die Monate vergingen, und obwohl Berlin als die größte Baustelle Europas galt, konnte Achim keine neue Arbeit als Kranführer finden. Er saß an seinem Computer, suchte nach Stellenangeboten und schrieb Bewerbungen, aber offenbar wollte niemand ihn haben. Auch ein Ende seiner Schulden schien nicht absehbar zu sein, und in Nastja verdichtete sich das Gefühl, dass sie in ein Fass ohne Boden investierte, dass die Schulden nicht abnahmen, sondern aus irgendeinem Grund sogar wuchsen. Achim kränkelte oft, mal hatte er Rückenschmerzen, mal war etwas mit seinem Fuß nicht Ordnung, er ging häufig zum Arzt und ließ sich immer wieder krankschreiben, um das Krankengeld zu bekommen.

An den Wochenenden, wenn sie nicht arbeiten musste, bekam sie des Öfteren Besuch von ihrer Schwester Tanja, die hin und wieder auch ihre Söhne und ihre Schwiegertochter Tamara mitbrachte, die Klavierlehrerin. Nastja, die Tag für Tag im Ozean einer fremden Sprache schwimmen musste, sich immerzu in beschämender Sprachnot befand, war so glücklich, endlich wieder einmal Russisch sprechen zu können und unter Menschen ihrer Welt zu sein, dass sie darüber Achim ganz vergaß und nicht einmal aus Höflichkeit versuchte, ihn in die sehr lebhafte Unterhaltung einzubeziehen. Finster schweigend saß er abseits, ein Fremder in seiner eigenen Wohnung, ein Ausgegrenzter, ein Missachteter, ein Verhöhnter, der eines Tages, als die ukrainische Verwandtschaft sich wieder einmal versammelt hatte, plötzlich von seinem Stuhl aufsprang, krebsrot wurde und derart zu brüllen begann, dass Nastja erstarrte. Es schien der Ausbruch des Hasses zu sein, den sie schon so oft in seinen Augen gesehen hatte, jetzt, dachte sie, war der Moment gekommen, in dem er ihr etwas antun würde. Aber Achim warf nur die Schüssel mit dem russischen Olivier-Salat, den sie zubereitet hatte, an die tapezierte Wand und veranlasste damit die Gäste zu einem fluchtartigen Aufbruch. Von da an durften sie Nastja nicht mehr besuchen, was sie nach diesem Vorfall ohnehin nicht mehr getan hätten. Achim nannte sie «ukrainische Unjeziefer» und wollte das russische «Jequatsche» in seiner Wohnung nie wieder hören.

Nastja verstand nicht, dass seine gefährliche Kränkbarkeit in einem sehr schwachen Selbstbewusstsein wurzelte, das konnte sie sich bei einem deutschen Mann nicht vorstellen. Aber an diesem Tag begriff sie, dass sie in seiner Gewalt war. Ihr Impuls, zusammen mit ihren Verwandten die Wohnung zu verlassen, verpuffte jäh, als ihr zu Bewusstsein kam, dass ihr Bleiberecht in Deutschland an ihre Ehe mit Achim geknüpft war und wahrscheinlich sofort erlöschen würde, wenn er die

Scheidung einreichte. Sie war seine Gefangene, und – auch das dämmerte ihr jetzt – sie musste ihn für ihr Bleiberecht bezahlen, genauso wie sie vorher Pjotr bezahlt hatte. Vielleicht gab es die Schulden, die sie mit ihrem Verdienst abtrug, gar nicht, vielleicht suchte er in Wahrheit auch keine Arbeit. Vielleicht hatte er von Anfang an nur das Ziel verfolgt, sie von sich abhängig zu machen und dann auszubeuten.

Immer häufiger besuchte sie jetzt abends nach der Arbeit ihre Schwester in der vertrauten Wohnung im Wedding. Achim stellte keine Fragen, wenn sie spät nach Hause kam, und er wollte auch nicht wissen, wohin sie ging, wenn sie an einem Sonntag die Wohnung verließ. Das verlieh ihr eine unverhoffte Freiheit. Sie konnte kommen und gehen, wann und wohin auch immer. Er erwartete von ihr auch nicht, dass sie ihn bekochte und bediente, was ebenfalls eine neue Erfahrung für sie war. In der Ukraine waren die Frauen ihrer Generation die Mägde ihrer Männer, die aus der Obhut ihrer gealterten Mütter nahtlos in die Obhut ihrer jungen Ehefrauen übergeben worden waren. Unter den ukrainischen Männern seiner Generation wäre Achim, der sogar seine Hemden selbst bügelte, ein weißer Elefant gewesen. Und es gab noch etwas, das ihn ganz wesentlich von den ukrainischen Männern unterschied: Er trank nicht. Mit Roman hatte Nastja Glück gehabt, er hatte nur hin und wieder zu tief ins Glas geschaut, aber die meisten ukrainischen Frauen, die sie kannte, waren mit trunksüchtigen Männern geschlagen, trinkende Männer waren die Geißel der ukrainischen Frauen. Das alles blieb ihr in der

Ehe mit Achim erspart. Er wollte nur ihr Geld, und dafür musste sie im Grunde dankbar sein. Indem sie ihm das Geld gab, erwarb sie nicht nur das Bleiberecht, sondern kaufte sich auch los von allen Pflichten einer Ehefrau.

Mit ihrer Schwester Tanja langweilte sie sich oft, mit ihr konnte sie nur fernsehen oder Patiencen legen. Allein schon äußerlich waren die beiden Schwestern Antipoden: die schwere, phlegmatische Tanja, die offenbar nichts aus der Ruhe bringen konnte, und die so emotionale, leichtfüßige Nastja, die ständig alles aus der Ruhe brachte. Obwohl Tanja schon sehr viel länger in Deutschland war, existierte dieses Land für sie offenbar gar nicht. Sie lebte wie auf einem U-Boot, das immer nur für kurze Momente an der Oberfläche auftauchte, sein Sichtrohr gar nicht erst ausfuhr und gleich wieder unter Wasser verschwand. Ihre Wohnung verließ sie nur, um einen ihrer Söhne zu besuchen, die in entfernten Stadtteilen wohnten, oder um bei Aldi einzukaufen, Lebensmittel, die sie so oder ähnlich schon in der Ukraine gekauft hatte. Den Ostteil der Stadt, der auf der anderen Seite ihrer Straße begann, ignorierte sie, er war für sie auch nach dem Mauerfall die Verlängerung der Sowjetunion geblieben, obwohl an kaum einem anderen Ort der Stadt so viele Baumaschinen im Einsatz waren wie in Berlin-Mitte, von der alten östlichen Atmosphäre war dort so gut wie nichts mehr erhalten. Aber das wusste Tanja gar nicht. Im Gegensatz zu der neugierigen Nastja saß sie meistens zu Hause, löste russische Kreuzworträtsel, schlug die Zeit vor dem Fernseher tot oder las zum x-ten Mal eines der russischen Bücher aus ihrer kleinen Bibliothek, die sich ein Regal mit alten, gerahmten Familienfotos teilte. Die deutsche Sprache schien sie gar nicht zu hören, allenfalls nahm sie sie wie ein fernes Raunen aus dem Weltraum wahr.

Dabei war sie nicht zum ersten Mal in Deutschland. Es gab in ihrer Generation nicht sehr viele junge Ukrainer, die während des Zweiten Weltkrieges der Deportation nach Deutschland hatten entgehen können. Nastja war damals noch ein kleines Kind gewesen, aber die sechzehnjährige Tanja brachte man zusammen mit zahllosen anderen ukrainischen Teenagern zur Zwangsarbeit ins Hitlerreich, genauso wie meine Eltern. Zuerst musste sie auf einem Bauernhof in Thüringen arbeiten und mit den Schweinen aus dem Trog essen, etwas später kam sie in eines der fünfunddreißigtausend Zwangsarbeiterlager, die es damals auf deutschem Boden gab, und musste für einen Rüstungsbetrieb Granaten drehen, jeden Tag zwölf Stunden lang. Als sie drei Jahre später unterernährt und völlig entkräftet in ihre Heimat zurückgeschickt wurde, eine von Millionen Arbeitssklaven, die nach dem Krieg nicht mehr gebraucht wurden, galt sie in der Sowjetunion als Kollaborateurin des Kriegsfeinds, als Hure der Deutschen. Viele der Zurückgekehrten wurden erschossen oder in den Gulag gebracht, doch Tanja gehörte zum Gros jener, die zwar nicht bestraft, aber auch nicht mehr in die Gesellschaft aufgenommen wurden. Sie durfte nicht studieren und bekam keine Arbeit, sosehr sie sich auch darum bemühte, niemand wollte sie einstellen – sie war so etwas wie eine Aussätzige, eine Gefahr für alle, die sich mit ihr einließen. Sie hatte keine andere Wahl, als bei ihren Eltern unterzuschlüpfen, die sie durchbringen mussten, obwohl sie selbst nichts hatten, sondern so kurz nach dem Krieg am Hungertuch nagten wie die meisten.

Dass Tanja schließlich doch noch ein halbwegs normales Leben führen konnte, verdankte sie allein der Tatsache, dass ein Freund der Familie, ein über fünfzigjähriger jüdischer Mathematikprofessor, sich in die hübsche junge Frau verliebte und sie heiratete. Sie mochte diesen Mann nicht, er war alt, hatte gelbe Zähne und litt an einer unheilbaren Logorrhoe, aber sie konnte ihn nicht abweisen. Über zwanzig Jahre lebte sie in der Ehe mit ihm, sie brachte zwei Kinder zur Welt und kehrte schließlich, etwa zehn Jahre nach dem plötzlichen Herztod ihres Mannes, dorthin zurück, wo ihr Unheil begonnen hatte, nach Deutschland. Hier lebten ihre Söhne, und in der Ukraine reichte ihre Witwenrente für nicht viel mehr als für Brot und Nudeln. Die drei Jahre Zwangsarbeit in Deutschland hatten ihr ganzes Leben zerstört. Nie hörte ich sie über diese Zeit sprechen, manchmal hatte ich den Eindruck, ihr sei gar nicht bewusst, dass sie sich wieder in dem Land befand, in das man sie als Mädchen verschleppt hatte.

Auch von dem Massaker von Babyn Jar erfuhr sie erst zwanzig Jahre später, als sich ein unerwartetes Nachbeben des unfassbaren Naziverbrechens ereignet hatte. Babyn Jar war der Name einer romantischen, bis zu einundfünfzig Meter tiefen Schlucht am Rand von Kiew. Im Jahr 1941 trieben die deutschen Besatzer unter dem

Vorwand der Evakuierung alle in der Stadt auffindbaren Juden, auch Zigeuner und Kriegsgefangene, in diese Schlucht und erschossen innerhalb von zwei Tagen in einem pausenlosen MG-Feuer 36000 Menschen. Kurze Zeit später ließ man, um die Spuren des Massakers zu beseitigen, die zugeschütteten Leichen von KZ-Häftlingen wieder ausgraben und auf Scheiterhaufen aus benzingetränkten Eisenbahnschwellen verbrennen. Die Rückstände, verkohlte Knochen, mussten die über dreihundert Häftlinge in mehreren Arbeitsgängen zerstampfen und zusammen mit der Asche mit Sand vermischen. Nach getaner Arbeit wurden sie als Mitwisser erschossen. In den folgenden Jahren wurden in dieser Schlucht nach und nach noch weitere hundert- bis hundertfünfzigtausend Menschen von den Nazis ermordet, vor allem Juden.

Später, nach Kriegsende, so erzählte Tanja, als in der Gegend große Fabriken entstanden, baute man die Schlucht aus und nutzte sie als Sammelbecken für Industrieabwässer. Neun Jahre lang füllte sich das Becken stetig mit stinkenden Schlacken, aber in den Morgenstunden des 13. März 1961, der als Schwarzer Montag in die Geschichte Kiews einging, brach der marode gewordene Damm, und eine monströse Schlammlawine stürzte hinunter auf die Stadt – auf das alte, einst mit Holzhäusern bebaute Wohnviertel Kurenjowka, in dem inzwischen moderne Plattenbauten entstanden waren. Die gewaltige Flut riss auf ihrem Weg kleinere Häuser, Autos, Straßenbahnen und ein ganzes Sportstadion mit sich. Nastja schlief um diese Zeit noch in ihrem Studentenheim etwa zwölf Kilometer entfernt, aber ihre Schwester Tanja, die vor kurzem mit ihrer Familie eine neue Wohnung in der Kurenjowka bezogen hatte und gerade auf dem Weg zum Geschäft war, um frisches Brot und Kefir fürs Frühstück zu besorgen, wäre von den herabstürzenden Abwassermassen beinah erfasst worden. Im letzten Moment, als sie schon Schlamm an den Füßen hatte, schaffte sie es in den zweiten Stock eines Rohbaus und sah mit zitternden Knien von oben auf das Inferno. Sie hatte bis zu diesem Tag noch nichts davon gehört, was zwanzig Jahre zuvor in der Schlucht von Babyn Jar geschehen war, sie wusste nicht, dass in der schwarzbraunen, dröhnenden Abwasserlawine die sterblichen Überreste einer gigantischen Zahl von erschossenen, verbrannten, zerstampften Menschen schwammen. Zwei Jahrzehnte hatten sie lautlos und vergessen auf dem Grund der Schlucht gelegen, begraben unter stinkenden, giftigen Abwässern, nun schienen sie es gewesen zu sein, die den Damm zum Bersten gebracht hatten. Sie machten auf sich aufmerksam, indem sie sich mit ohrenbetäubendem Getöse, in einer verheerenden, tsunamiartigen Welle aus Industriekloake und Asche, über die Kurenjowka ergossen. Wie viele Menschen dabei umkamen, blieb ungeklärt, die Zahlenangaben schwankten zwischen hundertfünfundvierzig und dreitausend. Der für die Wartung der Abwasseranlage verantwortliche Ingenieur nahm sich das Leben.

Tanjas Sohn Maxim hatte sich, seit er in Deutschland lebte, auf seine jüdischen Wurzeln besonnen. Er und sein jüngerer Bruder Sascha waren beide Ingenieure wie ihre Tante Nastja, hatten aber in Deutschland nie eine Arbeit in ihrem Beruf gefunden. Das war auch gar nicht möglich, da sie zur deutschen Sprache ein ähnliches Verhältnis hatten wie ihre Mutter: Sie hörten sie nicht. Im Grunde lebten auch sie immer noch in der Ukraine – wie die meisten sowjetischen und postsowjetischen Bürger, die überall auf der Welt verstreut waren, aber ihre Seele zurückgelassen hatten in der verhassten Heimat.

Maxim besuchte Tag für Tag eine russischsprachige Kabbalaschule, in der er mit anderen Auswanderern die göttlichen Mysterien erforschte. Er nahm diese Studien sehr ernst und versäumte sie nie, denn aus dem Atheisten war ein Mystiker geworden, der nach der Emigration seine Identität im jüdischen Glauben gefunden hatte. Er hielt sich an das Sabbatgebot und besuchte so oft wie möglich die Gebetsstunde in der Synagoge. Darüber hinaus war er von Beruf Vater. Er hatte eine zehnjährige Tochter, die sein Ein und Alles war. Täglich brachte er sie mit der U-Bahn zur Schule und holte sie wieder ab, er kochte koschere Speisen für sie und las ihr russische Bücher vor. Das Geld verdiente seine Frau Tamara, die Klavierlehrerin, eine beherzte jiddische Mamme, die nicht nur ihr Kind, sondern auch ihren Mann über alles liebte und hütete wie ihren Augapfel. Darüber hinaus sprach sie als Einzige in der Familie fließend Deutsch, war die Sprachgelehrte, an die sich alle wandten, wenn sie mit ihren eigenen Sprachkenntnissen nicht mehr weiterkamen.

Maxims Bruder Sascha interessierte die Kabbala nicht;

den jüdischen Wurzeln verdankte er seinen Aufenthalt in Deutschland, damit hatten sie für ihn ihren Sinn erfüllt. Er war zweimal geschieden und bewohnte ein Ein-Zimmer-Apartment von der Größe eines Containers in einem anonymen Hochhaus hinter dem Bahnhof Zoo. Ein schweigsamer, unbestechlicher Mensch, der es entschieden ablehnte, Unterstützung vom deutschen Staat anzunehmen, und stattdessen lieber als Paketbote für einen Zustellservice arbeitete. Vom frühen Morgen bis in den tiefen Abend war er mit dem Lieferwagen unterwegs auf Berlins Straßen, raste den ganzen Tag treppauf, treppab, immer beladen mit Paketen, immer in Hetze, weil der Wagen unten auf der Straße in zweiter Reihe stand und weil er pro zugestelltem Paket bezahlt wurde, also im Akkord arbeitete. Manchmal musste er dreimal zu einer Adresse fahren, weil niemand zu Hause und auch kein Nachbar anzutreffen war, bekam aber das Geld immer nur für eine Fahrt. Spätabends löffelte er in seiner Containerwohnung einen Teller der Suppe, die er sich am Sonntag für die ganze Woche vorgekocht hatte, danach fiel er ins Bett und schlief sofort ein. Am nächsten Morgen raste er wieder los. Er musste von seinem Bettellohn nicht nur seinen eigenen Lebensunterhalt bestreiten, sondern auch etwas für seinen Sohn abzweigen, der bei seiner geschiedenen Frau, einer Sozialhilfeempfängerin, lebte.

Jahrelang führte Sascha das Leben eines Paketzustellautomaten, der keinerlei eigene Bedürfnisse hatte, doch eines Tages geschah etwas, das er sich nicht hatte träumen lassen. Ihm wurde von einer deutschen Firma die

Leitung einer Großbaustelle in Georgien übertragen, das Monatsgehalt überstieg bei weitem seinen bisherigen Jahreslohn als Paketzusteller. Für ihn war es fast eine «Vom Tellerwäscher zum Millionär»-Geschichte. Etwa drei Jahre arbeitete er in einer abgelegenen georgischen Gebirgsgegend und bewohnte ein kleines Zimmer mit einem Fernseher, der ihn mit der Außenwelt verband. Verköstigt wurde er von seiner Wirtsfrau, deren Tochter Taliko vergessene Sehnsüchte in ihm weckte, wenn er sie durchs offene Fenster draußen im Hof beim Wäsche- aufhängen singen hörte, aber mehr als stummen Augen- kontakt mit ihr riskierte er nicht. Er hatte gehört, dass vor nicht allzu langer Zeit ein Fremder im Ort ermordet wurde, weil er sich einer jungen Georgierin genähert hatte.

In den drei Jahren sparte Sascha so viel Geld, dass er, so sein Plan, am Ende in die Ukraine zurückkehren, eine Wohnung in Kiew kaufen und für den Rest seines Lebens sorgenfrei in seiner Heimat würde leben können, sofern es dort nicht zu einer politischen Katastrophe kam. Am Tag vor seinem Abflug hob er das gesamte Geld von seinem Konto ab, es waren über zweihundert- tausend Mark, dann fuhr er in ein nahegelegenes Dorf, um sich dort von Freunden zu verabschieden, und auf dieser Strecke verlor sich seine Spur.

Zuerst ging man von einem Verbrechen aus, weil man annahm, dass er auf der Fahrt das von der Bank abge- hobene Geld bei sich gehabt hatte, doch dann fand man es in einer großen Plastiktüte neben dem Bett in seiner Wohnung. Die georgische Polizei suchte ihn wochenlang, da vermutet wurde, dass er auf der steilen, unbefestigten Bergstraße mit seinem Wagen abgestürzt war, man suchte mit dem Hubschrauber nach ihm, Polizeitaucher fahndeten in einem Bergsee nach seiner Leiche, aber er blieb verschollen.

Ich stellte mir vor, dass er in Hochstimmung, laut singend, am Rand der wilden georgischen Schluchten bergab gefahren war – vielleicht ähnlich dem Helden in dem Film «Lohn der Angst», der es geschafft hat, einen Lkw mit hochexplosivem Nitroglyzerin über eine gefährliche Gebirgspiste zu transportieren und sich damit eine hohe Prämie zu verdienen, doch auf der Rückfahrt in seiner Euphorie die Kontrolle über den entladenen Lkw verliert und abstürzt. Immer musste ich an den Moment denken, in dem Sascha begriffen hatte, dass er nichts mehr tun kann, dass er, eingeschlossen im Auto, unaufhaltsam in den Abgrund fällt – eine Sekunde, deren Geheimnis nur der kennt, der nichts mehr sagen kann.

Seine Leiche wurde erst Monate nach seinem Verschwinden entdeckt, im Herbst, als die Bäume sich gelichtet hatten. Er war nicht abgestürzt, sondern mit seinem roten Shiguli ganz unspektakulär in das Wäldchen auf der Bergseite der Straße gerollt, nachdem er offenbar das Bewusstsein verloren hatte. Vielleicht hatte er sich während der jahrelangen Sklavenarbeit in Deutschland die Gesundheit ruiniert, vielleicht hatte er auch in Georgien zu viel gearbeitet, vielleicht war sein Herz vor Freude und Aufregung zersprungen, oder seine Lebensuhr war aus einem anderen Grund abgelaufen, mitten in einem Gedanken an Taliko oder an sein neues Leben in der Ukraine. Am Steuer seines Wagens fand man nur noch einen vertrockneten, wie mumifizierten Körper, der Kopf lag auf dem Lenkrad, am Handgelenk baumelte eine metallene Armbanduhr. Spuren von Gewalteinwirkung wurden nicht entdeckt, die Todesursache konnte nie geklärt werden.

Indes waren die Zeiten für Nastja härter geworden. Achim hatte endlich eine Arbeit gefunden, allerdings nicht als hochbezahlter Kranführer, sondern als Hausmeister ganz in der Nähe des Ku'damms. Die Arbeitgeber waren zwei nette ältere Schwestern, die nichts dagegen gehabt hatten, dass der Anstellungsvertrag auf die ukrainische Ehefrau des Bewerbers ausgestellt wurde. Achim hatte Nastja erklärt, das sei nur eine Formsache – würde er den Vertrag unterschreiben, würde er sein Arbeitslosengeld verlieren, wenn aber sie unterschriebe, würden sie ab sofort drei Einnahmequellen haben: sein Arbeitslosengeld, das Hausmeistergehalt und ihre Einnahmen als Putzfrau. So kam es, dass Nastja zum ersten Mal offizielle Arbeitnehmerin in Deutschland geworden war. Sie bezog ein Gehalt, das allerdings auf Achims Bankkonto überwiesen wurde, sie musste Steuern und Beiträge für die Rentenkasse und die Krankenversicherung leisten.

Den zwei Schwestern, deren Angestellte sie pro forma geworden war, gehörte nicht nur das repräsentative, fünfstöckige Bürogebäude, dessen Betreuung und Pflege dem Hausmeister oblag, sondern auch das angrenzende Hotel, in dem Oskar Roehler später eine Szene seines Films «Die Unberührbare» drehen sollte, und eine Kinokneipe direkt daneben. Außerdem gab es ein kleines Hausmeisterhaus, das im Hinterhof des Bürogebäudes stand. Nastja und Achim waren beide froh über den Ortswechsel, wenn auch aus unterschiedlichen Gründen: Achim hatte wieder eine Charlottenburger Adresse, die in seinen Augen das Nonplusultra vornehmen Wohnens war, und Nastja war glücklich, dass sie das öde Neukölln-Britz endlich hinter sich gelassen hatte und wieder in der Stadt wohnen durfte, mitten im Zentrum.

Vielleicht hatten die zwei netten Schwestern den Schwindel beim Abschluss des Arbeitsvertrags nur deshalb so großmütig zugelassen, weil auch sie keinen ganz korrekten Vertrag abgeschlossen hatten. Das Haus, in dem Nastja und Achim nun wohnten, war nach baupolizeilichen Vorschriften nicht als Wohnraum für Menschen zugelassen. Nastja nannte ihren neuen Wohnort nach Puschkin «das Haus auf Hühnerbeinen» – es stand zwar nicht erhöht, aber es war durchaus vorstellbar, dass es in früheren Zeiten einmal als Hühnerstall gedient hatte. Jedenfalls war es als Wohnung für die menschliche Spezies mit ihrem aufrechten Gang nicht geeignet, sogar der so klein geratene Achim konnte kaum aufrecht darin stehen und musste den Kopf einziehen, wenn er durch eine Tür ging. Nastja, die fast zehn Zentimeter größer war als er, war hier erst recht zu einem Leben auf einer evolutionären Vorstufe des Homo sapiens verurteilt. Wenn sie mit dem Kopf nicht an die Decke stoßen wollte, musste sie sich in gebeugter Haltung durch die Wohnung bewegen. Mit der Zeit mied sie Gänge, die nicht unbedingt notwendig waren, sondern nahm lieber eine sitzende oder liegende Position ein.

Die Wohnung hatte noch andere Nachteile. Man musste den ganzen Tag das elektrische Licht brennen lassen, weil das Häuschen mit seinen winzigen Fenstern hinter dem Bürogebäude lag wie zu Füßen einer Gebirgswand, in einem Hof, in den sich nie ein Sonnenstrahl verirrte. Rund um die Uhr spien zwei uralte, dröhnende Ventilatoren die Abluft der Hotelküche in den engen Hof, bis in den Schlaf verfolgten Nastja die Gerüche aus den Töpfen und Pfannen des Gourmetrestaurants. Dauernd schepperten draußen, direkt unter den Fenstern des Häuschens, die Mülltonnen der Kinokneipe und des Hotels, in den Filmpausen gingen die Kinobesucher hinaus in den Hof zum Rauchen.

Nastja hatte immer geglaubt, es gäbe keine schlimmeren Wohnverhältnisse als in der Ukraine, nun wurde sie mitten in der deutschen Hauptstadt eines Besseren belehrt. Dennoch war die mit Elektrizität, fließendem Wasser und Zentralheizung ausgestattete neue Bleibe luxuriös im Vergleich zu dem Güterwagen, in dem sie einst mit Roman zusammengewohnt hatte. Sie kannte ganz andere Schrecken und Zumutungen des Lebens als ein Hühnerhaus, in dem man sich beim Gehen und Stehen ein bisschen bücken musste.

In der Hausmeisterstelle sah Achim keinesfalls die Endstation seiner Berufstätigkeit, es sollte nur ein Übergang sein, denn er hatte noch Großes vor. Den Traum, wieder Kranführer mit dickem Gehalt zu werden, hatte er aufgegeben, dafür strebte er jetzt das Unternehmertum an. Wie ein Maulwurf saß er unentwegt in dem dunklen Kabuff, in dem sein Computer stand, und war mit der Anbahnung irgendwelcher geheimnisvollen Geschäfte beschäftigt, die, wie er Nastja versicherte, schon sehr bald das große Geld bringen würden, sodass sie die Hausmeisterei wieder aufgeben und sich eine geräumige Eigentumswohnung würden kaufen können. Er war so absorbiert von der Gründung seines neuen Unternehmens, dass ihm keine Zeit für die Erfüllung seiner Hausmeisterpflichten blieb. Es werde nicht lange dauern, bis es geschafft sei, versprach er Nastja immer wieder, die jetzt, wenn sie abends von der Arbeit nach Hause kam, die Hauptarbeit noch vor sich hatte.

Zwar hatte sie den Arbeitsvertrag nur pro forma unterschrieben, aber nun war sie de facto die Hausmeisterin. Mit der Reinigung der Büros war eine Firma beauftragt, doch zu den Pflichten des Hausmeisters gehörte es, täglich das fünfstöckige Treppenhaus zu kehren und zu wischen, die zwei Lifts mit ihren Spiegelwänden zu putzen, die Toiletten auf jedem Stockwerk zu reinigen und den Hof mit den ständig überquellenden Mülltonnen und Glascontainern sauber zu halten. Dafür brauchte sie jeden Tag drei bis vier Stunden, sodass sie nun, da sie ihre bewährten Putzstellen nicht aufgeben wollte, auf ein tägliches Arbeitspensum von annähernd zwölf Stunden kam. Nach der Arbeit fiel sie noch erschöpfter ins Bett als in ihren beschwerlichsten Zeiten in Kiew. Morgens um sechs Uhr musste sie aufstehen und die Haustür aufschließen, danach schlief sie noch eine Stunde, dann musste sie wieder raus und los zu ihrer ersten Putzstelle. Nicht nur das Hausmeistergehalt ging an Achim; er verlangte von Nastja weiterhin die Hälfte ihres Verdienstes als Putzfrau, denn jetzt ging es nicht mehr nur um die Abbezahlung der Schulden, sondern auch und vor allem um zwingende Investitionen in das neue Unternehmen, das sie bald von allen Sorgen befreien würde.

Nastja glaubte Achim kein Wort mehr, sie war sich inzwischen sicher, dass er in Wahrheit auf der Suche nach einer Dummen wie ihr gewesen war, die er für seine Zwecke ausbeuten konnte. Wenn sie sich einmal widersetzte und ihm nicht die Hälfte ihres Putzfrauenlohnes abliefern wollte, drohte er ihr sofort mit Scheidung. Er wusste, dass sie nur als seine Ehefrau in Deutschland leben durfte, er hatte sie in der Hand. Sie war seine Leibeigene, sein Nutztier, sein Dukatenesel.

Er selbst war im Haus nur der Aufpasser, der Kontrolleur. Er schlief bis zum Mittag, dann machte er seinen Rundgang. Er sah nach dem Rechten, wechselte hier ein defektes Leuchtmittel aus, zog dort irgendeine Schraube fest, er ging in den Keller und überprüfte die Heizung, wartete den Lift, und im Vorübergehen schnauzte er Leute an, die sich in seinen Augen nicht korrekt benahmen. Immer wieder kam es zu Streitigkeiten, weil er sich von jedem angegriffen und ungerecht behandelt fühlte. Man fürchtete den aggressiven, händelsüchtigen Zwerg aus Haar und Leder im ganzen Haus.

Nastja gab sich an ihrem Desaster selbst die Schuld. Sie war nicht besser als Achim, auch sie hatte nur aus Berechnung geheiratet – an erster Stelle wegen der Aufenthaltserlaubnis, an zweiter wegen der Harley-Davidson, in der sie ein Symbol ihrer Jugend erblickt hatte, ein Symbol der Freiheit und des Aufbruchs in die ihr bislang verschlossene Welt. Nun stand das alte Motorrad an neuer Stelle, in einem miefigen Charlottenburger Hinterhof, nach wie vor fahruntauglich. Sie hatte Achim angeboten, die Reparatur zu bezahlen, aber das hatte er mit einem unverständlichen Gemurmel abgelehnt. Inzwischen hatte sie sich längst von Paris, von Rom und dem Mittelmeer verabschiedet, ihre längste Reise mit Achim war an einem Sonntagnachmittag an einen kleinen, verschilften See ein paar Kilometer hinter Berlin gegangen. Er hatte angehalten, in einem Plastikeimer Wasser aus dem See geholt und angefangen, seinen Mercedes zu waschen und zu polieren. Etwa zwei Stunden hatte Nastja, am Ufer sitzend, durch das Schilf auf ihr geliebtes Wasser geschaut, über dem Libellen im Licht getanzt hatten, dann waren sie wieder nach Hause gefahren.

Als der Winter kam, wurde Nastja vor Herausforderungen gestellt, von denen sie nichts geahnt hatte, als sie den Hausmeistervertrag unterschrieb. In den letzten Jahren hatte es in Berlin wenig geschneit, auch in der Ukraine gab es längst keine Winter mehr, wie Nastja sie aus ihrer Kindheit kannte, als man sich morgens einen Weg vor der Tür freigraben musste, um überhaupt aus dem Haus zu gelangen, aber nun, im ersten Jahr des ihr aufgezwungenen Hausmeisteramtes, war es, als hätte der Winter sich vorgenommen, sie das ganze Ausmaß ihrer Knechtschaft fühlen zu lassen. Achim übernahm das

Räumen höchstens einmal tagsüber, wenn Nastja arbeiten war, aber meist fiel der Schnee nachts und musste bis spätestens um sieben Uhr morgens weggeräumt sein, damit die Angestellten freien Zugang zu den Büros hatten.

Sie war ein Mensch, der immer fror, selbst im Sommer. Erst ab einer Temperatur von etwa dreißig Grad begann sie, sich wohl zu fühlen. Im Grunde kannte sie das Klima, für das sie sich geschaffen fühlte, nur von den Sommermonaten auf der Krim. Nun musste sie mitten im deutschen Winter frühmorgens bei Minusgraden Schnee schippen. Nastja hatte viel Kraft, nur nicht in ihren schmalen, filigranen Händen. Sie konnte saugen, abstauben, wischen, bügeln, aber das Halten der schweren Schippe, mit der sie den noch schwereren Schnee aufnehmen musste, war Schwerstarbeit für sie. Gegen die Kälte hatte sie sich Fellhandschuhe gekauft, aber wenn sie die anhatte, konnte sie die Schippe erst recht nicht halten. Sie musste wieder in ihre alten Wollhandschuhe schlüpfen, in denen ihre Finger spätestens nach fünf Minuten wie abgestorben waren. Unter dem Schal, den sie sich über die Kapuze ihrer wattierten Jacke ums Gesicht wickelte, schlugen ihre Zähne aufeinander. Das Vorhandensein ihrer Füße in den klobigen, gefütterten Schneestiefeln spürte sie nach kurzer Zeit nicht mehr. Oft wehte ein schneidender Wind, trieb ihr durch die Dunkelheit stacheligen Schnee entgegen. Sie war schweißüberströmt vor Anstrengung und fror zugleich wie noch nie in ihrem Leben.

Und auch hier wieder die Angst. Nastja kannte nur die Verhältnisse in der Ukraine, wo jeder selbst dafür Verantwortung trug, wenn er im Schnee auf den Trottoirs ausrutschte, aber Achim hatte sie darüber aufgeklärt, dass es in Deutschland anders war. Wenn jemand auf dem Gehweg vor dem Bürogebäude stürzen und sich verletzen würde, würde derjenige haftbar gemacht, der für das Räumen des betreffenden Straßenabschnitts zuständig sei. Das wäre in diesem Fall sie, Nastja, die den Hausmeistervertrag unterschrieben habe. Sie würde als die Schuldige an dem Unfall gelten und Schadensersatz leisten müssen, womöglich bis an ihr Lebensende. Während sie also versuchte, jeden Zentimeter Schnee vom Pflaster zu kratzen, überschlugen sich in ihrem Kopf die Bilder gestürzter Passanten mit Arm- und Beinbrüchen, die Bilder von Invaliden an Krücken, in Rollstühlen. Mit ihrer Pro-forma-Unterschrift hatte sie, ohne es zu ahnen, die Verantwortung für die Unversehrtheit, ja für das Leben eines jeden übernommen, der bei Schneefall auf dem Bürgersteig vor dem Bürohaus unterwegs war – in der belebten Gegend nahe dem Ku'damm mussten das jeden Tag Tausende von Menschen sein.

Nach dem Schippen musste sie noch streuen. Da sie nicht viel von dem schweren, rosafarbenen Salzgranulat, das aussah wie etwas Süßes, im Eimer tragen konnte, musste sie mit ihren erstarrten Beinen so oft zu dem Streusalzbehälter am hinteren Ende des Hofes gehen, bis sie es geschafft hatte, mit Hilfe einer kleinen Schaufel den gesamten Straßenabschnitt zu bestreuen. Dann lief sie in ihr Hühnerhaus und stellte sich eine halbe Stunde lang unter die heiße Dusche. Sobald sie sich abgetrocknet und wieder angezogen hatte, schüttete sie drei

Tassen schwarzen Kaffee hinunter, mummte sich wieder ein und rannte los, zu ihrer ersten Putzstelle.

Achim besaß inzwischen drei kostspielige Computer und verschiedene Drucker. Er behauptete, all diese Geräte für sein künftiges Unternehmen zu brauchen. Er hatte ein Faible für die neueste Technik und für Luxusartikel. Mal bestellte er von Nastjas Geld eine teure Digitalkamera, mal ein raffiniertes Videogerät, mal Bezüge aus echtem Zebrafell für die Sitze in seinem Mercedes, in dem er so gut wie nie mehr fuhr, mal eine Rolex mit vergoldetem Zifferblatt. All das waren Vorgriffe auf das große Geld, in dem sie bald schwimmen würden, wie er Nastja weiterhin glauben machen wollte. Sie wusste nicht, was er machte, wenn sie nicht zu Hause war, aber in ihrer Anwesenheit saß er immer hinter einem Gewölk aus Zigarettenrauch vor seinem technischen Equipment, ein Homunculus, ein gefährliches behaartes Tier in seiner Höhle, das sich von Dosenobst und Eiscreme ernährte und unermüdlich dabei war, etwas Rätselhaftes auszubrüten. Die Wohnung verließ er fast gar nicht mehr, weil die Außenwelt für ihn nur aus Ärgernissen und Feindseligkeiten bestand. Lediglich seinem Mercedes stattete er weiterhin jeden Tag einen Besuch ab, um nachzusehen, ob er noch da war und keinen Schaden genommen hatte.

Immer wieder war Nastja drauf und dran, nach Kiew zu flüchten, aber immer wieder musste sie einsehen, dass es dort keinen Platz mehr für sie gab. Und von den sechs Jahren, die man mit einem Deutschen verheiratet sein musste, um eine unbefristete Aufenthaltserlaubnis zu bekommen, war nicht einmal die Hälfte vorbei. Noch fast drei Jahre musste sie durchhalten, bis sie sich scheiden lassen konnte. Erst dann würde sie ein freier Mensch sein, früher nicht.

Eines Tages begegnete sie auf der Straße ihrem ehemaligen Kommilitonen und Arbeitskollegen Andrej. Sie hatte nicht geahnt, dass auch er in Deutschland war. In ihrer einstigen Lebenswelt in Kiew hatten Liebesabenteuer neben der Ehe zur Normalität gehört, und Andrej war so ein Abenteuer für sie gewesen. Er war ein sehr gut aussehender, hoch- und gerade gewachsener Mann mit einem klugen Humor und ausgezeichneten Manieren. Nastja hatte in dem Glauben gelebt, dass er vor langer Zeit nach Israel ausgewandert war, nun stand er auf einer Berliner Straße vor ihr und war von ihrer Begegnung nicht minder überrascht als sie. Fast zwanzig Jahre hatten sie einander nicht gesehen und sich trotzdem gleich erkannt. Andrej hatte schon in der Ukraine am Grünen Star gelitten und war inzwischen auf einem Auge erblindet – das war der einzige, wenn auch nicht sehr auffällige Makel in seinem kantigen, ebenmäßigen Gesicht.

Sie waren einander vor einem Café über den Weg gelaufen, es bot sich an hineinzugehen. Nastja war in Berlin erst zwei- oder dreimal in einem Lokal gewesen, also betrat sie das Café mit leisem Unbehagen, weil sie immer noch nicht genau wusste, wie man sich in Deutschland an einem solchen Ort zu benehmen hatte.

Sie setzten sich an einen Tisch in einer ruhigen Ecke. Andrej hatte schon in der Ukraine keinen Kuchen gemocht, daran erinnerte sich Nastja noch; er bestellte ein Bier, sie nahm einen Espresso und ein sündhaft teures Himbeertörtchen. Heute war ihr ukrainischer Tag – das Wiedersehen mit Andrej plus Himbeeren, die sie in ihrem sommerlichen Datschengarten immer vom Strauch gepflückt und sich händeweise in den Mund geschüttet hatte.

In Kiew war sie mit Andrej meistens auf die Datscha gefahren, für ein paar Stunden, die sie allein verbringen konnten, jetzt saßen sie einander etwas verlegen gegenüber, zwanzig Jahre waren eine lange Zeit. Er schien ein Mensch zu sein, der nicht alterte, sah immer noch genauso aus wie damals, nur sein Haar war silbern geworden, ein ergrauter Jüngling. Es war immer sonderbar, wenn ein Ukrainer zufällig einen anderen Ukrainer im Ausland traf. Man sah ihnen beiden nicht an, wo sie herkamen, aus was für einem armseligen, verwahrlosten Winkel der Welt, sie liefen im Westen herum wie alle anderen auch, aber die Augen eines ukrainischen Gegenübers konnte man nicht täuschen – sie sahen die Wahrheit, und es war, als ertappte man sich gegenseitig bei der Vorspiegelung falscher Tatsachen, bei einer Hochstapelei.

Nastja hatte nach dem Ende der Affäre nicht oft an Andrej gedacht, sie war, was ihre Liebhaber anging, eine treulose Seele, ihr Herz hatte immer nur Roman gehört. Jetzt gehörte es niemandem mehr, es hing in der Luft, es schlief, ein seltsames Niemandsherz. Über ihr Fiasko in Deutschland wollte sie lieber schweigen, sie schämte sich vor Andrej und zog es vor, ihm zuzuhören. Er erzählte ihr eine lange, sehr traurige Geschichte.

Er hatte sich in der Ukraine scheiden lassen und war mit seiner zweiten Frau, einer jungen Russin aus St. Petersburg, und seiner Tochter Galina aus erster Ehe nach Israel ausgewandert. Vor allem hatte er sich erhofft, dass man dort sein zweites Auge würde retten können, das der Grüne Star ebenfalls zu schädigen begonnen hatte. Die Operation hatte nur zu einem Teilerfolg geführt, und ohnehin begriffen er und seine Frau Mascha sehr bald, dass Israel nicht das Land war, in dem sie leben wollten, allein schon wegen des heißen Klimas, das Mascha nicht vertrug. Trotzdem blieben sie zwei Jahre, versuchten, sich durchzuschlagen, kamen aber nicht auf die Füße und beantragten schließlich die Einwanderung nach Deutschland, die ihnen ohne nennenswerte Wartezeit genehmigt wurde. Das war kurz nach dem Mauerfall gewesen, sie hatten Freunde in Berlin, und die Stadt lockte mit ihrer auf der Welt einmaligen Ost-West-Achse. Für einen Moment stockte Andrej. «Wären wir nur in Israel geblieben», sagte er und seufzte.

Alles ließ sich sehr gut an in Deutschland. Andrejs Frau fand Arbeit bei einer russischen Touristenagentur, er selbst schrieb Artikel für russischsprachige Zeitungen und Zeitschriften, die in Deutschland erschienen, die fünfzehnjährige Galina besuchte einen Deutschkurs, sie wollte das deutsche Abitur machen und danach Fotografie studieren. Sie waren angekommen, glücklich über die geräumige Wohnung in Spandau, von wo sie aus dem

Fenster die Havel sahen, streiften oft durch die sich unentwegt verwandelnde, kopfüber in etwas Unerhörtes treibende Stadt. Sie hatten nicht viel Geld, aber so frei hatten sie sich noch nie in ihrem Leben gefühlt, Berlin wurde zu ihrem Gelobten Land. Nur Galina machte ihnen Sorgen. In der Ukraine und später auch in Israel war sie ein fröhlicher, zutraulicher Teenager gewesen, hatte schnell Freundschaften geschlossen, war begeistert gewesen von den neuen Welten, die sich ihr auftaten, voller Neugier und Wissensdurst. Aber in Berlin begann sie sich zu verändern, zuerst fast unmerklich, dann immer deutlicher. Sie kam oft spät nach Hause, sagte kein Wort und ging in ihr Zimmer. Sie wirkte verstört, abwesend.

Immer war sie das gewesen, was man ein Papakind nennt, mit Andrej ein Herz und eine Seele, immer war sie mit allen Sorgen zu ihm gekommen, hatte ihm alles anvertraut. Jetzt wehrte sie seine Fragen nach den Gründen ihrer Veränderung schroff ab. Fast über Nacht hatte sie ihre Kindlichkeit und Anschmiegsamkeit verloren, war wie ausgewechselt. Andrej zergrübelte sich den Kopf darüber, was ihr widerfahren sein mochte. Hatte ihr vielleicht ein deutscher Junge das Herz gebrochen, hatte sie, die aus der Familie nur Zuneigung und offene Arme kannte, eine erste Abweisung erlebt, die Vertreibung aus dem Paradies? Zu dieser Vermutung passte, dass sie angefangen hatte, ihr Äußeres zu vernachlässigen, das ihr bisher immer so wichtig gewesen war. Sie wusch sich oft lange das Haar nicht, ihre Kleider sahen zerknittert und schmuddelig aus, sie magerte ab und wurde immer blasser. Alle Versuche, die Andrej unternahm, um sie zu einem Arzt zu bringen, fruchteten nicht. Sie zog sich nur noch mehr zurück, ging Andrej und ihrer Stiefmutter aus dem Weg und behauptete, mit ihr sei alles in Ordnung. Manchmal hatte es tatsächlich den Anschein, als würde sie wieder wie früher sein. Sie lebte auf, saß mit am Esstisch, spielte Schach mit ihrem Vater, besuchte regelmäßig den Deutschunterricht und experimentierte mit ihrem Fotoapparat. Andrej war glücklich, er hatte seine Tochter wieder, doch mit der Zeit konnten ihn die kurzen Phasen der Aufhellung nicht mehr täuschen. Er wusste schon, dass der Dämon sie in Zyklen heimsuchte, ein Dämon, dessen Namen er einfach nicht erraten konnte, sosehr er sich auch darum bemühte. Zuweilen überkam ihn die fast rettende Hoffnung, seine Tochter könnte der ukrainischen Volkskrankheit verfallen sein, dem Alkoholismus, aber immer wieder ernüchterte ihn die Erkenntnis, dass sie nie nach Alkohol roch und sich auch ganz anders verhielt als eine Betrunkene.

Das Leben in Deutschland, das so glücklich begonnen hatte, war für Andrej zum Albtraum geworden. Er verlor sein Kind und hatte keine Ahnung, warum das so war und was er dagegen tun konnte. Es war klar, dass sie dringend einen Arzt brauchte, aber wie sollte das gehen, wenn sie sich weigerte? Sollte er sie gefesselt in eine Praxis bringen? Woran konnte es liegen, dass sie sich auf einmal so radikal und unerbittlich vor ihm verschloss? Die Schuld daran gab Andrej sich selbst. Wäre er in der Ukraine geblieben und hätte das ihm nun einmal zugefallene Leben in diesem Land weitergelebt, hätte er darauf verzichtet, in den natürlichen Lauf der

Dinge einzugreifen und sich nach einem besseren Leben zu strecken, dann wäre das alles nicht passiert. Er hatte sein Kind entwurzelt, und es war ihm, als hätte die sowjetische Propaganda, die immer vor dem verderblichen Westen gewarnt hatte, am Ende, da es sie gar nicht mehr gab, doch noch recht behalten.

Auch er litt an einer Krankheit, an derselben wie fast alle russischsprachigen Emigranten: Sein Organismus nahm die deutsche Sprache nicht auf. Zu Hause wäre er längst in Galinas Schule gegangen, um sich zu erkundigen, er hätte ihre Freundinnen oder deren Eltern aufgesucht, aber was konnte er hier tun? Seine Tochter lebte in einer Welt, die er nicht kannte, zu der er so gut wie keine Verbindung hatte und in der er niemanden ansprechen konnte mit seinem Russisch. Er konnte sich auch nicht dazu durchringen, Galina heimlich zu folgen, wenn sie das Haus verließ, ihr nachzuspionieren. Das war nicht seine Art, und damit hätte er ihr Vertrauen, falls noch ein Rest davon vorhanden war, endgültig verspielt.

Eines Tages nahm er dennoch seinen ganzen Mut zusammen und ging, mit einem Wörterbuch in der Hand, zu der Schule, an der Galina Deutsch lernte. Dort brauchte er nicht viel Sprachkenntnis, um zu verstehen, dass seine Tochter schon lange nicht mehr zum Unterricht erschien, seit Monaten nicht mehr. Man hatte sie schon fast vergessen.

Kurz darauf bekam Andrej einen Anruf von der Polizei. Eine Männerstimme fragte ihn, ob Galina X. seine Tochter sei. Er solle zum Revier in der Sowieso-Straße kommen und sie abholen. Sie saß leblos, in sich zusammengesackt, auf einem Stuhl, bleich, mit eingefallenen, erloschenen Augen, die Andrej nicht erkannten. Nun erfuhr er endlich den Namen des Feindes: Man hatte seine Tochter beim Kauf von Heroin am Kottbusser Damm aufgegriffen.

Von diesem Tag an lebte Galina noch ein knappes halbes Jahr. Ihre Sucht hatte sich nicht allmählich, nicht durch den Konsum von Einstiegsdrogen entwickelt, sie war, völlig ahnungslos, sofort in die Fänge des Heroins geraten. Immer tiefer war sie in die Szene eingetaucht, sie hatte begonnen zu stehlen, verkaufte ihren Körper. Vorher war sie noch nie mit einem Jungen zusammen gewesen, ihr erster Sex fand auf einer öffentlichen Toilette statt und hinterließ kaum eine Erinnerung bei ihr. Sie hatte zu lange gezögert, und als sie sich dann doch zur Prostitution entschloss, waren die Symptome des Entzugs bereits so verheerend gewesen, dass sie fast nichts von dem spürte, was der Fremde mit ihr machte. Danach wurde das Geschäft mit den Männern zu ihrem Alltag; Galina war ein sehr hübsches Mädchen, dessen junger Körper immer einen Interessenten fand. Längst brauchte sie jeden Tag die Höchstdosis, ihr Leben war nur noch Flucht vor dem nächsten Entzug, nur noch Jagd nach Geld.

Die einstige Galina, um die Andrej mit allen ihm zur Verfügung stehenden Mitteln zu kämpfen begann, gab es nicht mehr. Sie war zerstört, nichts weiter als ein Produkt des Heroins oder das Symptom, das sein Fehlen erzeugte. Andrej konnte seiner Tochter nicht mehr helfen. Nach dem Entzug in einer Klinik wurde sie sofort wieder rückfällig. Er versuchte noch, sie zu ihrer Mutter nach Kiew zu bringen, um sie der Berliner Drogenszene zu entreißen, aber Galina weigerte sich. Sie wohnte jetzt mit einem anderen Junkie zusammen, war in seiner Wohnung untergeschlüpft und bezahlte Miete, indem sie auch für ihn das Drogengeld verdiente.

Zum letzten Mal sah Andrej sie eines Nachts auf der Straße. Sie hatte ihm nie ihre Adresse preisgegeben, war aber bereit gewesen, ihn auf neutralem Terrain zu treffen. Andrej stand an der verabredeten Stelle vor einer kleinen Grünanlage und konnte nicht glauben, dass das gespenstische Wesen, das auf ihn zukam, seine Galina sein sollte. Sie war siebzehn Jahre alt und sah aus wie eine Greisin. Ihr einst prachtvolles schwarzes Haar, das jeder bewundert hatte, hing in stumpfen, ranzig wirkenden Strähnen an ihr herab, ihre Arme waren so dünn wie Streichhölzer, sie war bedeckt mit Geschwüren und sprach mit einer fremden, krächzenden Stimme. Andrej flehte sie an, nach Hause mitzukommen, er werde immer für sie da sein, alles mit ihr durchstehen, er versprach ihr sogar, Heroin für sie zu besorgen, wenn es gar nicht mehr anders ginge, sie sollte nur mitkommen, aber Galina hörte ihn gar nicht mehr. Etwa zehn Tage später starb sie im Krankenhaus an einer Sepsis, zu der der Gebrauch einer verschmutzten Spritze geführt hatte.

Er sei einfach ein ausgemachter Trottel gewesen, sagte er, ein Idiot, der mit Blindheit geschlagen gewesen sei, die Zeichen der Welt, in der er lebe, nicht habe deuten können. Selbst als er Einwegspritzen im Zimmer seiner Tochter gefunden und längst bemerkt hatte, dass sie nur noch langärmelige Kleidungsstücke trug, um ihre von Einstichstellen zerschundenen Arme zu verbergen, ja selbst als ihm aufgefallen war, dass sie Geld aus seinem Portemonnaie stahl, war ihm kein Licht aufgegangen. So sei es, sagte er, wenn man aus einem Land komme, in dem es keine Aufklärung gebe, in dem alles unter den Tisch gekehrt werde, was nicht ins Bild einer idealen Gesellschaft passe. Die Drogensucht sei in der Ukraine nie ein Thema gewesen, er habe eigentlich gar nicht so recht gewusst, dass es so etwas überhaupt gab.

Nach Galinas Tod hatte er ein halbes Jahr an die Wand gestarrt, dann hatte er sich ein großes deutsch-russisches Wörterbuch gekauft und einen Deutsch-Onlinekurs für Ausländer belegt. Innerhalb eines Jahres hatte er sich nicht nur Deutsch beigebracht, sondern auch alles gelesen, was er an Literatur über Drogen finden konnte. Er begann, Vorträge und Seminare zu besuchen, nahm Kontakt zu Experten auf und wurde schließlich selbst einer. Für ein kleines Gehalt arbeitete er seit ein paar Jahren in einer Drogenberatung als Ansprechpartner für die russischsprachige Klientel in ganz Deutschland, fand seine Rettung darin, die Eltern drogenabhängiger Kinder zu beraten, um das zu verhindern, was ihm selbst widerfahren war und was er bis jetzt noch nicht fassen konnte. Er war inzwischen auch gut informiert über die totgeschwiegenen Zustände in der postsowjetischen Welt, wo Drogenabhängige nicht als Kranke galten, sondern als Abschaum der Gesellschaft, als Kriminelle. Die

Eltern versteckten ihr drogenabhängiges Kind vor der
Außenwelt, lebten in Scham und ständiger Angst vor
dem Zugriff des Staates.

Zu Andrejs Aufgaben gehörte es, den nach Deutschland ausgewanderten Eltern, die zu ihm kamen, meist
handelte es sich um völlig verstörte, panische Mütter,
das Misstrauen zu nehmen. Er musste sie davon überzeugen, dass die deutsche Beratungsstelle keine Daten
weitergab, dass weder die Polizei noch der Arbeitgeber,
noch die Schule oder sonstige Instanzen verständigt
wurden, dass die Beratungsstelle der Schweigepflicht
unterlag, dass ihrem Kind keine Gefängnisstrafe drohte
und die Familie keine Repressalien zu erwarten hatte.
Er musste das Kunststück fertigbringen, das traditionelle Verhaltensmuster der slawischen Mütter zu durch-
brechen, die durch ihre überbordende Fürsorge, ihre
Selbstaufopferung und Milde, ihr unbändiges Mitgefühl
mit ihrem leidenden Fleisch und Blut – meist gepaart
mit hemmungslosen Anklagen und Vorwürfen – die
Sucht, die sie zu bekämpfen glaubten, förderten. Er
musste diesen Müttern eine unvermeidbare Härte im
Umgang mit ihren süchtigen Kindern beibringen, was
alles andere als einfach war.

Die meisten von ihnen waren der deutschen Sprache
genauso wenig mächtig wie vor kurzem noch er selbst.
Andrej wurde als Dolmetscher gebraucht, als Aufklärer,
als Brückenbauer zu Ärzten, Suchtkliniken und anderen Hilfseinrichtungen, als Begleiter bei Tag und bei
Nacht, als Psychotherapeut für hilflose, verzweifelte
Eltern. Unermüdlich war er im Einsatz, weit über das

hinaus, wofür man ihn bezahlte – der Kampf gegen das, was seine Tochter getötet hatte, war zu seinem Leben geworden, zu seinem Beruf, zu seiner Obsession.

Andrej und Nastja tauschten Telefonnummern aus und trafen sich von da an regelmäßig. Nastja konnte ihn nicht zu sich nach Hause einladen, Achim hätte ihn genauso rausgeschmissen wie ihre Verwandten, zudem war das Hühnerhaus kein sehr gastlicher Ort. Andrejs eheliche Wohnung war angesichts der Vorgeschichte zwischen ihnen ebenfalls kein idealer Treffpunkt, auch wenn das alles weit zurücklag, in ein anderes Leben gehörte. Seltsamerweise erinnerte sich Nastja vor allem an die Scham, wenn sie an ihre heimlichen Treffen mit Andrej dachte. Es war nicht ihre Nacktheit gewesen, für die sie sich geschämt hatte, im Gegenteil. Es ging immer darum, sich so schnell und unauffällig wie möglich zu entkleiden, immer im Dunkeln und einander den Rücken zukehrend, in wortlosem Einvernehmen, dass es nötig war, dem anderen, während man sich auszog, den Blick zu ersparen, den man selbst fürchtete, denn die sowjetische Unterwäsche, die sie damals alle tragen mussten, Männer wie Frauen, schien allein zu dem Zweck hergestellt worden zu sein, das zu verhindern, wofür eine Frau und ein Mann sich auszogen. Die Unterwäsche war das Gespenst der Sexualität: Durch Nastjas ganzes Leben in der Ukraine zog sich die Scham darüber, was sie unter den Kleidern trug und am wenigsten für den Blick des Mannes bestimmt war, dem sie gefallen wollte.

Meistens gingen Nastja und Andrej auf der Straße spazieren. Sie reichte ihm ihren Ellenbogen, den er leicht mit seiner Hand berührte, um sich von ihr führen zu lassen. Sein Sehrest wurde immer schwächer, was ihn aber nicht daran hinderte, jeden Tag in die Drogenberatungsstelle zu fahren. Er hatte den Weg schon so oft zurückgelegt, dass er ihn inzwischen auch mit geschlossenen Augen hätte gehen können, trotzdem rannte er gelegentlich gegen einen Laternenpfahl oder gegen ein anderes, unerwartetes Hindernis, einmal fiel er in eine Baugrube und zog sich einen Beinbruch zu. Dies, wie auch die Gefahr einer vielleicht nicht mehr fernen vollständigen Erblindung, trug er mit einer bewundernswerten Mischung aus Gottergebenheit und Stoizismus.

Nastja gegenüber war er von großer Anhänglichkeit, fast so, als wäre er ihr seit der Zeit in der Ukraine immer treu geblieben. Sie trafen sich und gingen nebeneinander auf der Straße, ein hochgewachsener, fast blinder Mann und eine schmale, schlicht gekleidete Frau mit einem Rucksack auf dem Rücken, beide für sich und zugleich tief miteinander verbunden durch die gemeinsamen Wurzeln in einer anderen, für immer untergegangenen Welt.

In ihrem Leben mit Achim kam Nastja allmählich an die Grenze ihrer slawischen Leidensfähigkeit. Zu allem Überfluss hatte sich herausgestellt, dass er einen Revolver besaß, den er jetzt immer in einem Halfter am Oberkörper trug, um sich gegen die Feinde verteidigen zu können, die ihm angeblich auflauerten. Nastja hatte begonnen, um ihr Leben zu fürchten, jeden zweiten Tag beschloss sie, auf und davon zu gehen, zurück in die

Ukraine, dann wieder hielt sie sich für hysterisch und beruhigte sich. Sie war so erschöpft und inzwischen auch so labil geworden, dass sie sich selbst und ihren Wahrnehmungen nicht mehr traute. Ich riet ihr seit langem dringend zu einem Umzug, ich bot an, ihr bei der Suche nach einer kleinen Wohnung zu helfen, zumal ich mich nicht ganz unschuldig daran fühlte, dass sie in die Fänge eines gefährlichen Psychopathen geraten war. Schließlich war das Aufgeben einer Heiratsanzeige meine Idee gewesen.

Von einem Umzug in eine andere Wohnung hielt Nastja nichts; sie glaubte, Achim würde sie nicht gehen lassen, und wenn doch, dann würde er sofort die Scheidung einreichen, mit der er ihr ständig drohte. Aber inzwischen hatte sie eingesehen, dass es so nicht mehr weitergehen konnte. Wir tranken bei mir zu Hause georgischen Cognac und schmiedeten einen neuen Plan. Sie hatte vor, bald für ein paar Wochen nach Kiew zu fahren, wie schon im Sommer davor, aber in diesem Jahr sollte es anders sein. Für Achim sollte sie sang- und klanglos verschollen bleiben, er sollte nie mehr von ihr hören. Wir überlegten, ihm zur Sicherheit aus der Ukraine eine Nachricht zukommen zu lassen, laut der sie eines plötzlichen Todes gestorben war, wir würden uns einen Unfall ausdenken, sie könnte zum Beispiel beim Schwimmen im Dnepr ertrunken oder unter ein Auto gekommen sein. Nach ihrer Rückkehr wollte sie sich dann wieder bei ihrer Schwester im Wedding einquartieren, die nur froh sein würde, sie wiederzuhaben. Da man damit rechnen musste, dass Achim nach ihrem Verschwinden dort aufkreuzen würde, um sich nach dem Verbleib seiner für ihn so nützlichen Ehefrau zu erkundigen, sollte sie in den ersten Wochen bei mir wohnen, meine Adresse kannte Achim nicht.

Unser Plan erwies sich als überflüssig. Noch bevor sie nach Kiew abgereist war, wurde Achim krank. Er hatte schon seit längerem Schmerzen in der linken Brust, verbunden mit einem eigentümlichen Blubbern unter den Rippen. Eines Nachts ging es ihm plötzlich so schlecht, dass Nastja die Erste Hilfe anrufen musste. Mit dem Verdacht auf einen Herzinfarkt wurde er ins Krankenhaus eingeliefert, aber die Ärzte konnten nichts finden, was auf einen Infarkt hindeutete. Nach einigen weiteren Untersuchungen stand die Diagnose fest: Achim hatte Krebs – ein zwischen zwei Rippen lokalisiertes Karzinom unbekannter Genese. Man verlegte ihn ins Großklinikum der Charité, weil dort bessere diagnostische Verfahren zur Verfügung standen.

In der Ukraine wurden Krebsdiagnosen den Betroffenen von Ärzten und Angehörigen in der Regel verschwiegen, man schützte den Kranken, ließ ihm die trügerische Hoffnung auf Genesung. In Deutschland war das anders, wie Nastja jetzt erfuhr, hier gab es keine Gnade. Man hatte Achim die Diagnose zwischen Tür und Angel ins Gesicht gesagt und lediglich hinzugefügt, dass seine Überlebenschancen gering seien.

Erst jetzt wurde ihr bewusst, wie allein er war. Von seinem Leben hatte er ihr so gut wie nie etwas erzählt. Sie wusste nur, dass sein Vater meistens im Gefängnis gesessen und in den kurzen Pausen, in denen er zu

Hause war, ihn jeden Tag verprügelt hatte. Seine Mutter war Kellnerin gewesen, nebenbei hatte sie Geld mit Prostitution verdient. Wenn ihr Mann wieder mal im Gefängnis saß und die Freier zu ihr nach Hause kamen, gab sie Achim Geld und schickte ihn los, Alkohol und Zigaretten kaufen. Nicht selten war er bei der Abwicklung ihrer Geschäfte mit den verschiedenen Männern auf dem Küchensofa Zeuge gewesen. Er hatte noch eine Schwester gehabt, aber die war schon als Kind an einer Hirnhautentzündung gestorben. Schon in jungen Jahren war der Kontakt zu seinen Eltern abgebrochen, später hatte er seine Mutter noch zwei-, dreimal gesehen, zuletzt vor etwa zwanzig Jahren. Wahrscheinlich lebten beide Eltern inzwischen nicht mehr.

Außer den Ärzten und Nastja wusste niemand, dass er im Krankenhaus lag und geringe Überlebenschancen hatte. Er war kinderlos, nie hatte er ihr gegenüber irgendwelche Verwandte erwähnt. Vor langer Zeit, so hatte er erzählt, war er einmal verheiratet gewesen, mit seiner ersten Liebe, einer schwäbischen Bäckerin, aber die war ihm nach ein paar Jahren wieder weggelaufen, zu einem anderen Mann. Es war, als hätte er sein Leben in einer völlig menschenleeren Welt gelebt. Offenbar hatte er auch keinen einzigen Freund, noch nicht einmal einen Bekannten. Er schien nur sie zu haben, Nastja, seinen «ukrainische Holzkopp». Er bat sie, nicht nach Kiew zu fahren, sondern bei ihm zu bleiben, in seinen Augen sah sie die Angst eines Tieres vor der Schlachtbank. Jetzt hätte sie die Gelegenheit gehabt, ihm zu verweigern, was er von ihr verlangte, sie hätte einfach gehen, ihren Ausbeuter endlich abschütteln können, den Vampir, der sich in sie verbissen hatte. Aber sie brachte es nicht übers Herz, einen Schwerkranken, für den sie offenbar die einzige Bezugsperson war, seinem Schicksal zu überlassen.

Für sie begann die schwärzeste Phase des Albtraums, in dem sie schon so lange lebte. Ausgerechnet sie, die Fremde, die Sprachlose, musste nun das Steuer auf dem herrenlos gewordenen Lebensschiff eines deutschen Mannes übernehmen, weil er selbst dieses Steuer nicht mehr halten konnte. Er lag, auf einmal noch winziger geworden, als er sowieso schon war, wimmernd vor Schmerzen im Krankenhaus und wartete auf die bevorstehende Operation, die mit der Begründung, dass der histologische Befund noch ausstehe, immer wieder verschoben wurde. Sein Fall wurde auf einem ersten, einem zweiten, einem dritten Ärztekonsilium diskutiert – ohne Ergebnis. Solange man nicht wusste, um welche Art von Krebszellen es sich handelte, konnte man nichts tun. Und der Befund ließ aus unerfindlichen Gründen weiter auf sich warten. Es dauerte fast drei Wochen, bis Achim eines Morgens um sieben Uhr früh ohne vorherige Ankündigung in den OP geschoben wurde. Niemand hatte ihm etwas erklärt.

Nastja erinnerte sich noch gut an ihre Kinderangst vor dem Verlust ihrer alten Eltern, aber in ihrem Erwachsenenleben war der Gedanke an den Tod ein Luxus gewesen, den sie sich nicht hatte leisten können. Alle Kräfte wurden verschluckt vom täglichen Überlebenskampf, der die Menschen nicht zur Besinnung kommen, ihnen keinen Raum für Gedanken ließ, die über das irdische Dasein hinausgingen. Zudem waren solche Gedanken in der Gesellschaft, in der sie groß geworden war, auch unerwünscht. Die Existenz des Todes brachte eine Diktatur in Verlegenheit, denn sie konnte ja nicht zugeben, dass es etwas gab, worüber sie keine Macht besaß. Sie musste den Tod verleugnen, totschweigen, um die letzte Instanz im Leben ihrer Untertanen zu bleiben. Und da sie selbst Angst und Schrecken verbreitete, lenkte sie die Menschen unentwegt vor dem noch größeren Schrecken des Todes ab. In dieser Ablenkung hatte auch Nastja ihr Leben verbracht. Als sie sich einst auf den Weg nach Berlin gemacht hatte, war sie auf nichts weniger vorbereitet gewesen als darauf, ausgerechnet in der Glückswelt des Westens dem Tod in die Arme zu laufen, ihm aus einer Nähe ins Gesicht zu sehen wie nie zuvor.

Jeden Abend nach der Arbeit fuhr sie zu Achim in die Klinik. Es war Hochsommer, aber sie fror. Noch nie in ihrem Leben hatte sie sich so allein gefühlt, so aufgeschmissen und verloren. Wahrscheinlich wäre sie mit jedem mitgegangen, der sie an der Hand gefasst und mitgenommen hätte. Sie hatte keine Ahnung, wie das deutsche Leben funktionierte, schon gar nicht das deutsche Gesundheitssystem, sie konnte nicht einmal die Briefe lesen, die die Krankenkasse Achim schickte. Und sie war völlig allein mit seiner Krankheit, irgendeinem unerklärlichen Monster unter seinen Rippen, das drei Ärztekonsilien der berühmten deutschen Charité vor ein Rätsel gestellt hatte.

Obwohl sie den Anblick schon gewohnt war, fürchtete sie sich jedes Mal neu vor dem Moment, wenn sie aus der U-Bahn steigen, die Treppen des Schachts hinaufsteigen und den Klinikcampus vor sich erblicken würde. Ihr schien, sie habe nie etwas Trostloseres, Beklemmenderes gesehen, etwas, das so furchterregend und erdrückend auf sie wirkte. Ein gigantischer Gebäudekomplex, eine Wüste aus Stein, eine eigene kleine Stadt mit unzählbaren blicklosen Fenstern, hinter denen sich die oberste Instanz der legendären deutschen Hightech-Medizin verbarg. Ein kolossales Bollwerk gegen jene Vergänglichkeit, die Nastja über Nacht so machtvoll auf den Leib gerückt war, eine riesige anonyme Fabrik, deren lautloses Räderwerk auf Hochtouren gegen das anlief, was sie gleich wieder in Achims Augen sehen würde.

Immer verirrte sie sich in den endlosen Korridoren mit den stummen Türen, von denen sie die eine finden musste, hinter der Achim lag. Noch kein einziges Mal war es ihr bisher gelungen, zu einem der Ärzte vorzudringen, die in fliegenden weißen Kitteln an ihr vorübereilten, nie hatte sie irgendeine wenigstens minimale Auskunft über Achims Zustand erhaschen können außer der, dass er wahrscheinlich sterben musste. Zwei Tage nach der ersten OP hatte man ihn noch einmal operiert, weil sein Bauch sich mit Wasser gefüllt hatte und er ins Fieberdelir gefallen war. Seit diesem zweiten Eingriff befand er sich in einem noch desolateren Zustand als vorher und konnte sich nicht mehr erholen. Die Ärzte wussten nicht, was sie mit ihm machen sollten, weil der histologische Befund immer noch fehlte und man ohne den keine Behandlung beginnen konnte.

Immer blieb es mir ein Rätsel, wie Nastja, die selbst der Anblick einer toten Maus aus der Fassung brachte, diese Zeit überstanden, wie sie es geschafft hatte, Tag für Tag an einem Krankenhausbett zu sitzen und dabei zuzusehen, wie ein Fremder, der ihr Ehemann war, mit dem Tod kämpfte. Er lag in einem furchtbar stickigen Zimmerchen neben einem sterbenden Greis, dessen wachsweiße Hände und Füße an den Stäben seines Gitterbetts festgebunden waren, weil er schon mehrmals hatte fliehen wollen. Das Sprachzentrum in seinem Gehirn war offenbar defekt, denn er redete ununterbrochen, als steckte in ihm ein Tonband, das einen Endlostext abspulte – irgendwelche Episoden aus seinem Leben, die sich ohne jeden erkennbaren Sinn und Zusammenhang aneinanderreihten. Einmal, ich hatte Nastja ins Krankenhaus begleitet, stand der Automat plötzlich still, der Greis öffnete die Augen, sah mich mit einem unerwartet klaren, hellblauen Blick an und sagte: «Hallo Sie, Fräulein, bitte helfen Sie mir doch mal über den Gartenzaun, ich habe heute noch eine Verabredung.»

Achim war dieser nicht abstellbaren Redemaschine Tag und Nacht ausgesetzt, er stöhnte leise, versank immer wieder in gnädige Bewusstlosigkeiten. Das erste Mal hatte man ihn neun Stunden lang operiert, das zweite Mal fünf Stunden lang, seine Rippen waren aufgesägt, sein ganzer Brustkorb eine Wunde. Unheimliche Symptome zeigten sich an ihm: Tennisballgroße Beulen bildeten sich innerhalb von Minuten und verzogen auf bizarre Weise die Tätowierungen auf seinen Armen, Rosen mit Dornenstielen, durchbohrte Herzen, runenartige Schriftzeichen. Einmal, aus Schlaf oder Ohnmacht erwachend, flüsterte er Nastja zu, er habe keine Beine mehr, sie seien ihm davongeflogen. Vorausgeflogen, dachte Nastja im Stillen, und die Angst umklammerte ihr Herz mit einer eisernen Zwinge.

Wenn sie nach dem Besuch in der Klinik nach Hause kam, musste sie noch das Bürogebäude putzen. Sie war froh, dass sie das tun durfte, um das Alleinsein im Hühnerhaus hinauszuzögern. Sie war ungeübt darin, allein zu sein, immer hatte sie in einem Menschenknäuel gelebt – noch keine einzige Nacht ihres Lebens hatte sie allein in einem Haus verbracht. Nach getaner Arbeit, wenn sie in die leere Wohnung zurückkam, war sie dankbar, dass im Hof wenigstens der Ventilator dröhnte, dass der Gestank nach altem Bratfett an ihr Bett drang, dass sie das Klirren der leeren Flaschen hörte, die draußen in den Glascontainer fielen – Geräusche aus der belebten Welt, die sie ein wenig beruhigten. Aber kaum hatte sie das Licht ausgemacht, sah sie in der Dunkelheit der Tod aus Achims Augen an.

Endlich, nach fast sechs Wochen, kam sein histologischer Befund. Es hatte so lange gedauert, weil man selbst an der berühmten deutschen Charité nicht in der Lage gewesen war, Achims Krebszellen zu identifizieren, sondern eine Gewebeprobe in ein Speziallabor in den USA schicken musste. Achims Krankheit übertraf an Unheimlichkeit alles, wovon Nastja je gehört hatte.

Der Tumor in seinem Körper war sein Zwilling, ein sogenannter Foetus in foeto. Achim war im Mutterleib nicht allein gewesen, sondern hatte sich den Platz mit einem Brüderchen oder Schwesterchen geteilt. Aber aus unbekanntem Grund gab sein Zwilling irgendwann sein Eigenleben auf und schlüpfte in Achims Körper oder wurde von diesem einverleibt. Weltweit waren der Medizin weniger als hundert solche Fälle bekannt. Es war vorgekommen, dass ein Mensch, der nichtsahnend seinen Zwilling in sich trug, plötzlich etwas Unerklärliches an seinem Körper entdeckte: An einer völlig untypischen Stelle begannen auf einmal Haare zu sprießen, oder ein Zahn bohrte sich durch die Haut am Oberschenkel. Achims Zwilling hatte keine makabren Zeichen ausgesandt, er hatte sechzig Jahre lang unter Achims Rippen stillgehalten, dann war er aus seinem Dornröschenschlaf erwacht und hatte damit begonnen, sein vor langer Zeit eingestelltes Wachstum nachzuholen, indem er seine Zellen rasant vermehrte. Jetzt ist Schluss, mein Lieber, schien er Achim sagen zu wollen, du hast lange genug gelebt und Böses getrieben, jetzt bin ich dran.

Mit dieser horriblen Diagnose wurde Achim aus dem Krankenhaus entlassen. Eine Chemotherapie, so die Ärzte, kam bei dem Befund nicht in Frage, gegen so eine Krebsart gab es kein Zytostatikum. Um sich weiterbehandeln zu lassen, sollte er sich an seinen Hausarzt wenden.

Achim hatte keinen Hausarzt, aber er hatte Schmerzen, starke Schmerzen. Nastja wusste nicht, was sie tun sollte. Er schrie, musste sich ständig übergeben, litt an Zuständen von Verwirrtheit. Einmal fuchtelte er mit seiner Pistole herum und wollte den Krebs erschießen, ein anderes Mal wollte er sich aus dem Fenster stürzen, obwohl er nicht tiefer als einen Meter gefallen wäre, ein drittes Mal begann er, einen Koffer zu packen, und wollte verreisen. Nastja lief ihm auf der Straße hinterher und brachte ihn dazu, wieder umzukehren.

Mehrmals kamen Notärzte, die sie gerufen hatte – die Sätze, die sie unter der Nummer 112 ins Telefon sagen musste, hatte sie inzwischen gelernt. Die Ärzte verabreichten Achim eine Spritze und sagten ebenfalls, er solle am nächsten Tag seinen Hausarzt aufsuchen. Selbst wenn er einen solchen gehabt hätte, hätte ihm die Kraft gefehlt, in eine Arztpraxis zu gehen. Er hätte es inzwischen nicht einmal mehr bis auf die Straße geschafft, um in ein Taxi zu steigen. Endlich lieferte ihn ein Notarzt wieder in ein Krankenhaus ein, wo er wenigstens Morphium gegen die Schmerzen bekam. Und schließlich versuchte man es doch noch mit einer Chemotherapie. Das Zellgift setzte ihm noch mehr zu als die Krankheit selbst, aber danach ging es ihm besser. Er durfte noch einmal nach Hause, dachte sogar wieder an seine Geschäfte und an den fälligen TÜV für den Mercedes.

Zum ersten Mal konnte man ihn jetzt sehen. Er hatte sein Haar verloren und wirkte wie ein entlaubter Baum. Auch die Lederkluft, die immer den Eindruck erweckt hatte, als wäre er mit ihr verwachsen, war von ihm abgefallen, zusammen mit allen rasselnden Ketten und sonstigen Metallteilen. Er trug jetzt einfach eine Jeans und ein Shirt, sah blass und kahl aus, aber zum ersten Mal wie ein gewöhnlicher Mensch.

Kurz hatte es den Anschein, dass er tatsächlich wieder genesen war, aber sein Zwilling gab nicht auf. Er hatte nur für ein Weilchen den Atem angehalten unter dem Giftanschlag, den man auf ihn verübt hatte – nun war er wieder zu Kräften gekommen und holte mit umso größerer Wucht aus zu seinem finalen Schlag. Achim kam mit einer Querschnittslähmung in ein Hospiz und erhielt dort Medikamente, die ihn schmerzfrei und glücklich machten. Er setzte seine neue Brille auf, die er seit der Chemotherapie brauchte, las die BILD-Zeitung und sagte, er habe ein schönes Leben gehabt. Am dritten Tag bekam er starken Durst. Nastja brachte ihm zwei Literflaschen Fanta, er trank sie beide hintereinander aus, dann fiel er ins Koma, aus dem er nicht mehr erwachte. Als sie am nächsten Tag eine Stunde nach seinem Tod ins Hospiz kam, hatte man das Fenster geöffnet und eine Kerze angezündet. Er war noch ein wenig warm und sah friedlich aus. Von dem Zwilling in seinem Körper hatte er nie etwas erfahren.

Eine Trauerzeremonie fand nicht statt, niemand wäre gekommen außer Nastja mit einer Begleitperson, die ich gewesen wäre. Eine Bestattungsfirma erledigte alle Formalitäten, die Kosten dafür übernahm Achims Krankenkasse. Nur die Kosten für ein Urnengrab musste Nastja bezahlen, und das erwies sich auch auf den billigsten Friedhöfen der Stadt als sehr teuer. Allerdings stellte sich sowieso die Frage, wozu ein Grab gut war, das nie jemand besuchen, von dem überhaupt niemand etwas wissen würde. Wahrscheinlich lagen auf irgendeinem Berliner Friedhof Achims Eltern, bei denen er sein Grab hätte finden können, aber Nastja kannte nicht einmal ihre Namen.

Wir ließen uns von dem Bestatter beraten, der sein Büro gleich neben dem Hospiz hatte, und der machte Nastja ein überraschendes Angebot. Es war ein Mann in einem schwarzen Zweireiher – Sinnbild seiner doppelten Zugeknöpftheit. Er saß uns gegenüber an seinem modernen Schreibtisch und sprach in leisem, würdevollem Tonfall, sachlich und ohne eine Miene zu verziehen. Sein Haar war von einer unnatürlichen, rußigen Schwärze, als hätte er es aus Gründen professioneller Pietät gefärbt, und betonte die Blässe seiner Haut, die aussah wie mit weißem Talkum gepudert. Ein maiglöckchenähnlicher Duft ging von ihm aus, als wäre er durchdrungen von dem Geruch gesalbter Leichname oder vom Odeur des Todes schlechthin.

Er könnte, so erklärte er uns, die Urne mit Achims Asche zu seinem «Muttchen» bringen, wie er sich ausdrückte. Sie wohne in einer Kleinstadt im Harz, auf dem dortigen Friedhof gebe es in der Friedhofsmauer noch viele freie Urnennischen. Gegen eine kleine Gebühr nehme sich sein «Muttchen» aller Urnen an, die er ihr aus Berlin bringe, weil die Angehörigen der Verstorbenen sich kein Urnengrab in Berlin leisten könnten oder wollten. «Muttchen» stelle «ihren» Verstorbenen ab und zu auch ein paar Blümchen hin und spreche ein Gebet. Natürlich würde Nastja die genaue Adresse des Friedhofs genannt bekommen und könnte dort die letzte Ruhestätte ihres Mannes jederzeit besuchen. Fast fühlten wir uns in die Familie des Bestatters aufgenommen und schämten uns beide an Achims Stelle vor dem fremden Mann, dem natürlich klar war, dass Nastja nicht um den Verstorbenen trauerte, sondern ihn und alles, was mit ihm zusammenhing, möglichst schnell loswerden wollte.

Um wenigstens ein Minimum an Schein zu wahren, ließ sie sich die Adresse des besagten Friedhofs geben, entlohnte den hilfsbereiten Bestatter mit den geforderten zweihundert Mark, und wenn er die Asche der ungeliebten Verstorbenen nicht einfach in die Mülltonne kippte, dann hatte Achim letztlich doch noch seine ideale Grabstätte gefunden, dann war er zusammen mit seinem Zwilling eingegangen in die Familie der herrenlosen toten Seelen aus Berlin, die sich unter «Muttchens» Fittichen irgendwo im Harz versammelten.

In der Zeit danach bewies Nastja schwarzen Humor und eine Schlagfertigkeit, die ich ihr nicht zugetraut hatte. Sie hatte schon lange bemerkt, dass Achim häufig Anrufe von Frauen bekam, mit denen er am Telefon ausgiebig flirtete. Was für Beziehungen das waren, konnte sie nicht einschätzen, weil Achim nie wegging, sondern immer zu Hause war, zumindest dann, wenn auch sie zu Hause war. Hatten die Anruferinnen ihn vielleicht tagsüber besucht, während sie arbeitete? Auch in der Zeit seiner Krankheit hatte er, sobald es ihm etwas besser ging, seine telefonischen Tändeleien fortgeführt, zum letzten Mal hatte sie ihn sogar noch im Hospiz dabei überrascht. Fast von Anfang an, als sie noch in Neukölln-Britz an den Feldern wohnten, hatten diese Telefonate, die er ungeniert in ihrer Anwesenheit führte, zum Alltag gehört. Sie hatte das nie als Kränkung empfunden, im Gegenteil – diesen Frauen verdankte sie wahrscheinlich, dass Achim aufgehört hatte, seine Gelüste auf sie zu richten.

Solange er noch da gewesen war, hatte sie das Telefon nie abgenommen, jetzt, da es ihn nicht mehr gab, musste sie es wohl oder übel tun. Sie hatte keine Ahnung, ob seine Gespielinnen etwas von ihrer Existenz wussten, es schien sie jedenfalls nicht sonderlich zu irritieren, dass sich am Telefon nun auf einmal nicht mehr Achim meldete, sondern die Stimme einer Frau. Vielleicht hatten sie nie erfahren, dass ihr Romeo schwer erkrankt war, auf jeden Fall konnte ihnen nicht bekannt sein, dass er sich bereits im Jenseits befand, denn sie wollten ihn ja sprechen. Nastja hatte kein Bedürfnis, sie von seinem Tod zu unterrichten. «Achim nicht zu Hause», sagte sie mit ihrem starken russischen Akzent, «aber ich habe Telefon.» Dann gab sie den hörbar frivol gestimmten Damen die Nummer des Bestattungsinstituts.

Achims Hinterlassenschaft ließ uns in die Abgründe eines schweren Psychopathen blicken. Natürlich hatte er niemals einen Versuch unternommen, Geschäftsverbindungen zu knüpfen – er besaß bereits ein gewinnbringendes Unternehmen, das den Namen Nastja trug. Seine drei Computer quollen über von E-Mails, die er mit Frauen ausgetauscht hatte. Jahrelang war er offenbar mit nichts anderem beschäftigt gewesen als mit Verbalsex, das also war es, was ihn unentwegt und so dringlich an seine Computer gefesselt hatte. Erstaunlich an alldem war, dass es in den Chatrooms und anderen einschlägigen Internetforen, in denen er seine Bekanntschaften schloss, so viele Frauen gab, die das mitmachten, die Achims Sprache nicht einfach nur in schallendes Gelächter ausbrechen ließ. Er beherrschte weder die deutsche Orthographie noch die Grammatik, aber vor allem drückte er erotische Details so qualvoll unpassend aus, dass mir, während ich laut vorlas, vor Lachen die Tränen kamen. Nastja verstand kein Wort, aber sie ahnte, was der nicht gerade mit Bildung und Intelligenz gesegnete Achim in seinen derart ausufernden erotischen Korrespondenzen verzapft haben mochte. Sie ermaß es an meinem Gelächter und lachte mit.

Bei der Lektüre anderer Mails, auf die wir stießen, blieb uns das Lachen im Hals stecken. «Frischfleisch aus Osteuropa eingetroffen», schrieb in kurzen oder längeren Abständen ein «Uwe666». Immer nur diese vier Worte, sonst nichts. Was hatte das zu bedeuten? Hatte Achim womöglich doch Geschäfte gemacht, indem er nicht nur Nastja, sondern auch andere osteuropäische Frauen ausbeutete? Hatte er zu einem der seit dem Mauerfall prosperierenden Menschenhändlerringe gehört, die Frauen aus Osteuropa nach Berlin verschleppten und zur Prostitution zwangen? War er ein Zuhälter gewesen, oder hatte er «Frischfleisch aus Osteuropa» selber konsumiert, hatte er Nastjas Geld dafür gebraucht?

Erst jetzt, während wir die Wohnung inspizierten, wurde mir klar, dass Nastja eigentlich nie hier gewohnt hatte. Sie kannte die Wohnung gar nicht, hatte hier nur

ihr «Eckchen» gehabt, wie sie sagte, ihr Bett, ihren
kleinen Schrank und einen Haken an der Garderobe für
ihren Rucksack und ihre Jacke. Alles andere hatte sie
nicht bemerkt, hatte nie in die altdeutsche Schrankwand
im Wohnzimmer oder in die Kommode im Flur hineingeschaut. Und hätte sie hineingeschaut, hätte sie wahrscheinlich nicht wahrgenommen, was sie sah, weil sie
hier gar nichts sehen wollte. Die ganze Wohnung war
vollgestopft mit Pornoheften, wie sie ihr gleich zu Anfang aus dem Handschuhfach im Auto vor die Füße
gefallen waren. Sie befanden sich überall, in jedem Fach,
in jeder Schublade, hinter jeder Schranktür, die wir öff-
neten. Abertausende von Seiten, auf denen Frauen aller
Nationen und Hautfarben sich für Männeraugen spreiz-
ten. Die gesamte Wohnung einschließlich der Computer
war das geheime Archiv eines Sexmaniacs – allein in seine Sammlung billiger Pornos musste Achim im Lauf der
Jahre ein kleines Vermögen investiert haben.

Seine Post, die er in den letzten Wochen seines Lebens
nicht mehr geöffnet hatte und die wir jetzt lasen, bestand
aus Mahnungen, auch die Androhung einer Zwangsver-
steigerung war dabei. Es ging um die ausstehenden Zah-
lungen für einen Fernseher, einen Kühlschrank, einen
Computer, einen Ceranfeldherd und andere Gegen-
stände des täglichen Bedarfs zu herabgesetzten Preisen.
Nastja und ich sahen uns verständnislos an. Wozu hatte
er all das gekauft? Und wo waren diese Dinge?

Wir fanden sie im Keller des Hühnerhauses. In dem
schwach beleuchteten Raum mit den von Schwamm
und Schimmel zerfressenen Wänden bot sich uns ein

gespenstisches Bild. Auch das war ein Archiv. Hier lagerten Kühlschränke, Espressomaschinen, Staubsauger, Waschmaschinen, Fernseher, Mikrowellen – das gesamte Angebot eines Mediamarktes, alles in mehrfacher Ausführung, neu und unberührt, aber zum Teil schon angegriffen durch die Lagerung in dem feuchten Keller. Der Sinn dessen, was wir sahen, erschloss sich uns nicht. Achim musste Unsummen für all das ausgegeben haben, aber wozu? Die Antwort auf diese Frage blieb sein Geheimnis, das er mitgenommen hatte ins Grab. Vielleicht hatte der einzige Sinn ja im Horten bestanden, vielleicht war sein Verlangen nach Haushaltsgeräten in seiner Uferlosigkeit genauso krankhaft gewesen wie das nach virtuellen Frauen. Ein Verlangen, das einem unermesslichen Mangel an Liebe entsprungen sein musste, einer gespenstischen inneren Leere. Vielleicht hatte er sich von Nastja angezogen gefühlt, weil sie sein Gegenteil war, der Inbegriff eines sozialen Wesens, für das materielle Werte nicht zählten; für sie zählten nur Beziehungen, nur Menschen, die sie liebte und die sie liebten.

Schon immer hatte Achim den Eindruck eines Mannes auf mich gemacht, der das Gefängnis von innen kannte, und ich hatte mich nicht getäuscht. Ein undatiertes, schon etwas vergilbtes Blatt Papier, das wir in seinen Unterlagen fanden, besagte, dass er im Moabiter Gefängnis gesessen hatte. Leider ließ sich diesem Papier nicht entnehmen, wann das gewesen war, für wie lange und wofür man ihn hinter Gitter gebracht hatte. Aber die Vermutung lag nahe, dass ein Zusammenhang zwischen seinem Gefängnisaufenthalt und seinen mysteriösen Schulden bestand. Die rührselige Geschichte von seiner Bürgschaft für den edlen Lebensretter, die er Nastja aufgetischt hatte, hatte sie ihm jedenfalls längst nicht mehr geglaubt. Ihre Hoffnung, dass seine Schulden in Wahrheit gar nicht existierten, erfüllte sich allerdings nicht. Achim hatte ihr einen alten Mercedes mit abgelaufenem TÜV vererbt, eine fahruntüchtige Harley-Davidson einen Keller voller Haushaltsgeräte und, wie wir seinen Kontoauszügen entnehmen konnten, 150000 Mark Schulden bei der Deutschen Bank. Als seine Witwe war Nastja die gesetzliche Erbin dieser Schulden, die sie schon die ganze Zeit abbezahlt hatte. Wie es zu diesen Schulden gekommen war, sagten uns die Kontoauszüge leider nicht.

Wir glaubten, am Ende der schaurigen Offenbarungen über ihn angelangt zu sein, aber die größte Überraschung stand uns noch bevor. Vor nicht allzu langer Zeit waren Nastja fünfzehn fiktive Geschwister zugewachsen, nun stellte sich heraus, dass sie als Achims Ehefrau zehn reale Vorgängerinnen gehabt hatte. Wahrscheinlich gab es keinen amerikanischen Schauspieler, der in seinem Leben so oft verheiratet gewesen war wie er, in der Redaktion des Guinnessbuchs der Rekorde hätte man einen Freudenschrei ausgestoßen, hätte Achim seine elf Ehen dort gemeldet. Es erstaunte mich, dass ein Mensch überhaupt so oft heiraten durfte und dass das im Lauf eines einzigen Lebens zu schaffen war.

Ihre Vorgängerinnen und sich selbst konnte Nastja ausgiebig in elf Ordnern betrachten, in denen Achim jede Ehe dokumentiert hatte. Es verlief immer nach demselben Schema: Am Anfang stand die Korrespondenz mit einer osteuropäischen oder asiatischen Heiratsagentur oder die Heiratsanzeige einer Frau, auf die er geantwortet hatte. Dem folgte der fotografische Beweis eines ersten Treffens mit der Auserwählten, die in der zweiten Phase des Kennenlernens immer unbekleidet zu sehen war. Es fehlte auch nie eine Nacktaufnahme von Achim selbst, der stolz sein kopulationsbereites Gemächt zeigte. Auf den Hochzeitsfotos waren nie Gäste zu sehen, immer nur die Braut in einem pompösen weißen Kleid und Achim, anders als in Kiew, in einem schwarzen Smoking.

Dann kam der Hauptteil, das Herzstück der Dokumentation – der Nestbau. Mit jeder neuen Frau wechselte Achim nicht nur die Wohnung, sondern auch das Mobiliar, das, obwohl jedes Mal sichtlich neu, im Stil immer dasselbe blieb: altdeutsche Schrankwand, schwarze Ledergarnitur, französisches Bett, immer viel Home-Deko und Nippes, ein Windspiel aus Glasherzen, Vasen, Deckchen, Lichterketten, Tierfiguren und vieles mehr, alles aus der Ferne und liebevoll aus der Nähe fotografiert. Eine junge Malaiin rekelte sich lasziv auf dem großen Ehebett, eine Russin saß, zärtlich angeschmiegt an Achim, auf dem Sofa, eine Rumänin stand artig unter der Kuckucksuhr, die in jeder Wohnung an zentraler Stelle im Wohnzimmer hing und offenbar der einzige Gegenstand war, den Achim bei jedem Umzug mitgenommen hatte.

Seine erste Ehe hatte er tatsächlich mit einer schwäbischen Bäckerin geführt, die letzte vor Nastja mit einer Polin, mit der er mehrere Jahre den erbittertsten seiner Scheidungskriege führte. Immer ging es um Geld, das die Frauen von Achim forderten oder umgekehrt, keine der Frauen war offenbar so dumm gewesen wie Nastja, keine hatte sich von Achim so schamlos ausnutzen lassen wie sie, seine elfte und letzte Ehefrau. Ihre Akte war auch mit Abstand die dünnste, den Hochzeitsfotos, die das Paar in Kiew zeigten, folgte nichts. Auf die Dokumentation der bescheidenen Neubauwohnung in Neukölln-Britz hatte Achim verzichtet, sie war der Beginn seines prämortalen Abstiegs, der in dem Hühnerhaus in Charlottenburg endete – mit Nastja an seiner Seite, die vielleicht der einzige Mensch war, von dem er in seinem Leben Erbarmen erfahren hatte.

Nie hätte Nastja sich träumen lassen, dass sie in ihrem Leben einmal in die Lage käme, 150 000 Mark Schulden bei der Deutschen Bank zu haben. Sie fühlte sich steinreich. Nur musste sie jetzt zusehen, dass sie so schnell wie möglich aus Deutschland verschwand, bevor die Deutsche Bank sie aufspüren würde. Mit 150 000 Mark Schulden in die Ukraine zurückzukehren – das gelang nicht jedem.

Ich rief wieder die Anwältin an, die vor etwa vier Jahren Nastjas Abschiebung in die Ukraine verhindert hatte, und das Wunder geschah erneut. Wir erfuhren, dass man ein Erbe ausschlagen kann. Das hatte jedoch zur Folge, dass man als Erbe nicht nur die Schulden des Verstorbenen loswurde, sondern auch alles andere, was er hinterlassen hatte. Sofern sich nach Nastjas Rücktritt kein nachrückender Erbe finden würde, der bereit war, die Schulden zu übernehmen, zum Beispiel ein Kind aus Achims zahlreichen Ehen, würde alles, was er besessen hatte, ins Eigentum der Deutschen Bank übergehen. Eigentlich hatte es ja schon zu seinen Lebzeiten der Deutschen Bank gehört, sein Warenlager im Keller, die Computer, die er sich geleistet hatte, der Mercedes, das Besteck in der Schublade, seine Schrankwand und die tausend Pornohefte – eigentlich hatte Achim selbst der Deutschen Bank gehört, und das wäre noch sehr lange so geblieben, wenn er nicht gestorben wäre.

Nastja war glücklich. Sie musste das Hühnerhaus nicht räumen, sie durfte es nicht einmal. Sie konnte den ganzen Plunder zurücklassen, sie musste nur zu einem Notar gehen und die Erbausschlagungsurkunde unterschreiben. Danach durfte sie einfach ihren Rucksack nehmen, die Tür hinter sich zuschlagen und gehen, wohin sie wollte. Das Einzige, was sie der Deutschen Bank stahl, war eine kleine, mit einem Totenkopf geschmückte Sanduhr, die sie zur Erinnerung an ihre Ehe mit Achim mitnahm.

Als ich Nastja im Jahr 1992 kennenlernte, hatte ich noch in einer der Ostberliner Hausruinen gewohnt, deren hintere Fenster auf eine Wildnis hinausgingen, in der nachts Käuzchen schrien und Elstern im halb verfallenen Nachbarhaus durch die zerbrochenen Scheiben ein- und ausflogen. Von dort hatte man mich inzwischen vertrieben. Ich hatte eine der sogenannten Umsetzwohnungen bekommen, die damals mit Hilfe von Senatszuschüssen in Berlin entstanden und für solche wie mich gedacht waren, Mieter, die ausziehen mussten, weil das Haus saniert wurde. Viele wehrten sich gegen die neuen Investoren und Bauschnäppchenjäger, hielten die Häuser besetzt, aber in meinem Haus räumten alle folgsam das Feld. Und schließlich erwies sich die Entmietung sogar als Glück für mich. Auf einem Fragebogen, in dem ich detailliert nach meinen Wohnungswünschen gefragt wurde, kreuzte ich an: drei Zimmer, ruhige Lage, begrünter Hinterhof, Parkett, Balkon, hohe Decken, Flügeltüren etc., eine Wohnung also, die es für die Miete, die ich bezahlen konnte, nur im Märchen gab, aber Berlin war damals ein Märchen. Ich bekam als «Umsetzerin» genau so eine Wohnung in einem bereits sanierten Haus ganz in der Nähe meiner bisherigen Adresse – zu einem geradezu lächerlichen Mietpreis, der zudem zehn Jahre lang nicht erhöht werden durfte.

Nastja half mir damals beim Umzug und bei der Einrichtung. Sie hatte durch ihre Putzjobs inzwischen viele deutsche Wohnungen von innen gesehen, die ihr vorkamen wie Paläste, nun hatte auch ich so einen Palast. Obwohl wir inzwischen Freundinnen waren, putzte sie weiterhin bei mir. Sie wollte kein Geld mehr von mir nehmen, aber irgendwie steckte ich es ihr trotzdem immer zu. Sie brachte es zuwege, Freundschaft und Dienstleistung mit leichter Hand voneinander zu trennen, genauer: das eine problemlos mit dem anderen zu verbinden.

Ich hatte mich schon vor längerer Zeit aus einer desaströsen Ehe befreit und lebte seitdem allein. Mindestens ein Jahr lang hatte ich täglich meine Freiheit gefeiert, das Glück, wieder mir selbst zu gehören, aber bekanntlich geht irgendwann jedes Fest zu Ende. Die Freiheit wurde erst langweilig, dann immer deprimierender. Ich hatte mir inzwischen schon oft Gedanken über Wohnalternativen gemacht, hatte mir verschiedene Hausgemeinschaften 50+ angesehen. Einmal wäre ich beinah zu einer arbeitslosen Frau gezogen, die in einer Selbsthilfegruppe für selbsternannte Hochbegabte organisiert war und die Miete für ihre luxuriöse Siebenzimmerwohnung in Steglitz nicht mehr bezahlen konnte, ein andermal bot mir eine erfolglose Künstlerin, die Bachmusik malte und vom Erbe ihres Vaters lebte, eine Etage ihres Hauses in Kleinmachnow an. Es hatte noch andere verlockende Angebote gegeben, aber letztlich hatte ich mich nie entschließen können. Immer beschlich mich ein unabweisbares Gefühl der Fremdheit, wenn ich in Gedanken eine neue Wohnung einzurichten begann. Jeder Ort, der in Betracht kam, erschien mir zufällig, beliebig, es gab für mich keinen inneren Grund, ihn zu wählen.

Nach Achims Tod hatte ich zwei Möglichkeiten: Ich konnte Nastja bei der Suche nach einer kleinen Wohnung helfen, oder ich konnte ihr anbieten, bei mir einzuziehen. Sie hatte ihren Hausmeisterposten bereits gekündigt und war drauf und dran, das Hühnerhaus zu verlassen. Vorübergehend, bis eine Wohnung gefunden wäre, wollte sie wieder bei ihrer Schwester unterschlüpfen.

Im Grunde gab es in meiner Wohnung Platz genug für zwei, zumal Nastja alles andere als ein raumgreifender Mensch war. Ich wusste gar nicht, ob sie sich vorstellen konnte, bei mir einzuziehen, ich wusste nicht einmal, ob ich selbst mich auf eine Wohngemeinschaft mit ihr einlassen wollte, ob wir in solcher Nähe miteinander zurechtkämen, aber ich spürte mehr denn je, dass meine Vergangenheit mir abermals auf den Fersen war. Ich lief ihr davon, aber sie war schneller als ich. Immer wieder sah ich Nastja vor mir, wie sie zum ersten Mal die Stufen zu meiner Wohnung heraufgekommen war, eine mädchenhafte, scheue Frau, die erste Ukrainerin, die mir nach dem Tod meiner Mutter in Deutschland gegenübergestanden hatte, und mir war, als hätte ich schon damals gewusst, dass sie eines Tages bei mir einziehen würde, dass am Ende ich es sein müsste, die ihr Asyl in Deutschland anbot, obwohl sie eigentlich keins brauchte. Ich war mir sicher, dass sie gar nicht ernsthaft vorhatte, nach einer eigenen Wohnung zu suchen, sondern sich in dem Provisorium bei ihrer Schwester im Wedding einrichten würde. Tanja war zwar keine ideale Mitbewohnerin für sie, aber alles erschien ihr besser als das Alleinsein. Auch ich hatte inzwischen verstanden, dass ich nicht für das moderne Singledasein gemacht war.

Zwei Wochen nach Achims Tod fuhr ich zum letzten Mal zum Hühnerhaus und holte Nastja ab. Mit ihrem Rucksack und drei großen Plastiktüten zog sie bei mir ein. Ich hatte mein Schlafzimmer für sie leer geräumt, mein Bett ins Arbeitszimmer gestellt und den Kleiderschrank vor die große, zweiflügelige Durchgangstür zum Wohnzimmer geschoben. Wir waren bei Ikea gewesen, um ein paar einfache, helle Möbel für sie zu kaufen, in einem Asiashop hatte sie sich bunte Vorhänge mit Vögeln ausgesucht.

Für das erste Abendessen in unserer gemeinsamen Wohnung hatte ich ein typisch deutsches Gericht vorbereitet, Rindsrouladen mit Rotkohl und Kartoffelklößen. Ich wollte ihr eine Freude machen und sie zugleich auf das deutsch-ukrainische Leben einstimmen, das wir von nun an miteinander führen würden. Sie stocherte ein wenig auf ihrem Teller herum, ungewohnt schweigsam, dann schob sie den Teller von sich. «Das schmeckt mir nicht», sagte sie in einem kalten, abweisenden Ton, den ich noch nie von ihr gehört hatte.

Mir war, als hätte Nastja mich selbst weggeschoben, als hätte sie gesagt, dass ich ihr nicht schmecke, und zwar ganz entschieden nicht. Mir gegenüber saß eine fremde Frau, ein mir plötzlich völlig unbekannter Mensch, der eben in meine Wohnung eingezogen war. Wie ungenießbar Nastja mein Essen auch gefunden hätte, allein aus Höflichkeit hätte sie niemals auf diese Weise reagiert, gerade sie nicht, die sonst immer so bescheiden und einfühlsam war. Mir kam es vor, als wäre zwischen uns in einer einzigen Sekunde ein eiserner Vorhang gefallen, und die Metapher war zutreffender, als mir in diesem Moment der Fassungslosigkeit bewusst war.

Der west-östliche Divan, von dem ich geträumt hatte, blieb eine Illusion. Wahrscheinlich war es die gemeinsame russische Sprache, die uns getäuscht hatte, die vor allem Nastja hatte vergessen lassen, dass ich einer anderen, der deutschen Welt angehörte. Ich hatte zwar eine ukrainische Mutter und einen russischen Vater, ich sprach das Russische ohne Akzent, aber ich war in Deutschland geboren und hatte hier mein ganzes Leben gelebt. Ich dachte auf Deutsch, ich träumte auf Deutsch, ich schrieb meine Bücher in deutscher Sprache, ich hatte einen deutschen Freundeskreis und kochte deutsch oder wie es mir gerade einfiel, aber jedenfalls nicht ukrainisch. Ich war sehr viel mehr Deutsche als Ukrainerin oder Russin, und das war Nastja erst in dem Moment bewusst geworden, als sie an diesem Tag nicht zum Arbeiten oder zu Besuch zu mir kam, sondern durch die Tür ging, um zu bleiben. Sie hatte gedacht, sie käme nach Hause, aber auf einmal war ihr die bekannte Wohnung fremd gewesen, viel zu groß für sie, mit einem eigenen Zimmer, das sie noch nie in ihrem Leben gehabt hatte. Spätestens die Rindsrouladen hatten ihr bestätigt, was sie schon geahnt, was sie auf namenlose Weise immer mehr bedrückt hatte, je näher der Umzugstag gekommen war.

Ich hatte mir vorgestellt, Nastja und ich würden ein gemeinsames Leben führen, alles miteinander teilen. Ich hatte mir vorgestellt, ich würde mit ihr, der Ukrainerin, nachholen können, was ich in meiner Kindheit versäumt hatte, ich würde durch den Bund mit ihr in mir selbst zusammenfügen können, was außerhalb von mir seit jeher getrennt war, die Spaltung in Reichtum verwandeln. Mit vier Wörtern hatte sie mir gesagt, dass es all das nicht geben würde. Unser Zusammenleben war beendet, bevor es überhaupt beginnen konnte. Ich hatte keine Ahnung gehabt, worauf ich mich einließ. Es wunderte mich, wie blauäugig und vertrauensselig ich gewesen war, wusste doch niemand besser als ich, wie tief die Abgründe waren, die zwischen der östlichen und der westlichen Welt lauerten.

Nastja saß mir stumm gegenüber. Auf einmal hatte sie zwei unterschiedliche Augen. Ein lebendiges und ein totes. Eine Gesichtshälfte lebte, die andere war erloschen. Sie kam mir vor wie eine verstörte junge Katze, die mir zugelaufen war und nicht begreifen konnte, wo sie sich befand. Mir fiel auf, wie abgearbeitet und müde sie aussah. Entsprang das, was sie zu mir gesagt hatte, vielleicht der Erschöpfung, hatte sie in ihrem Leben und besonders in den letzten Jahren so viel durchgemacht, dass sie womöglich keine Kraft mehr hatte, noch einmal etwas Neues anzufangen? War es nicht nur sehr naiv von mir, sondern auch egoistisch und unsensibel gewesen, zu glauben, ich könnte jetzt mit ihr so etwas wie ein glückliches Familienleben beginnen?

Für eine Weile waren wir damit beschäftigt, Nastja in Deutschland eine neue Existenz aufzubauen, die dritte oder vierte inzwischen. Sie musste sich polizeilich ummelden, sie musste ihre Witwenrente beantragen, sich um eine neue Aufenthaltsgenehmigung kümmern und anderes mehr. Erst jetzt begriff ich, was für eine Tortur Behördengänge für sie waren. Zum einen lag das an der Sprachbarriere, zum anderen litt sie an einer unheilbaren Behördenangst, die sie aus der Diktatur mitgebracht hatte. In ihren Augen, in denen ich einst das Heimweh meiner Mutter gesehen hatte, erkannte ich jetzt die Angst meiner Mutter. Fünfzig Jahre waren inzwischen vergangen, aber die Angst war dieselbe geblieben, das sagte mir ihr Blick. Der Willkür einer Behörde war man wehrlos ausgeliefert, sie war die letzte Instanz, vor der man immer schuldig war, schon weil man lebte, weil man atmete; man verdankte es allein der Gnade einer Behörde, dass man überhaupt existieren durfte.

Bereits Tage vor einem unvermeidbaren Gang in die Höhle des Löwen war Nastja krank, sie fror, sie zitterte und konnte nichts mehr essen. Sie hatte ein ganz persönliches Verhältnis zu Behörden und zweifelte nicht daran, dass es umgekehrt genauso war. Stundenlang zerbrach sie sich den Kopf darüber, was die Behörde wohl über sie dachte, wie sie zu ihr stand, welche Fragen man ihr stellen würde, was sie sagen und was sie lieber nicht sagen sollte. Es war mir unmöglich, sie davon zu überzeugen, dass eine Behörde in Deutschland nicht dieselbe Macht hatte wie in der Ukraine oder gar in der einstigen Sowjetunion, und auch die für sie wundersamen Erfahrungen, die sie mit dem deutschen Rechtssystem gemacht hatte, konnten ihren Schrecken nicht mindern.

Während ich sie zu den Ämtern begleitete, erinnerte ich mich daran, wie es gewesen war, als ich als Kind von meinen Eltern auf Behördengänge mitgenommen wurde, um zu dolmetschen, obwohl ich damals selbst kaum verstehen konnte, was der deutsche Beamte oder die Beamtin sagte. Immer verließ meine Mutter die Behörde weinend, ich wusste nicht, warum, aber nach jedem Behördengang erschien sie mir noch etwas gebrochener, noch hoffnungsloser als zuvor. Meine Geschichte hatte mich auf eine Weise eingeholt, wie ich es in meiner Phantasielosigkeit nicht geahnt hatte. Nastja lehrte mich das

Fürchten. Alles, was ich längst hinter mir gelassen zu haben glaubte, die Angst meiner Eltern, ihre Rechtlosigkeit, ihr Gefühl von Ohnmacht und Ausgeliefertsein, kam nun durch die Hintertür wieder zu mir herein. Es war, als würde sich der Kreis meines Lebens schließen, als wäre ich durch Nastja zurückgekehrt in die Finsternis, in den allgegenwärtigen Schrecken meiner Kindheit.

Ursprünglich hatte ich es für selbstverständlich gehalten, dass Nastja und ich gemeinsam essen würden, und ich hatte vorgehabt, das Kochen zu übernehmen. Wenn sie abends müde von der Arbeit nach Hause käme, sollte das Essen auf dem Tisch stehen. Das wäre für mich, die ich den ganzen Tag am Schreibtisch saß, eine nützliche und willkommene Abwechslung gewesen und für Nastja, die immer nur andere versorgt, bekocht und bedient hatte, eine Wohltat, so hatte ich gedacht. Aber Nastja wollte nicht essen, was ich aß, sie wollte nicht von mir bekocht werden. Sie hatte genug von meinen Wohltaten, sie wollte frei sein, sich nicht wieder irgendwo anpassen müssen, sie wollte sich emanzipieren von ihrer guten Fee, soweit ihre geringe Kenntnis der Landessprache es ihr erlaubte. Nicht zuletzt konnte einem Menschen, der sein Leben lang unter großen Entbehrungen gelebt hatte, das Gute schnell zu viel werden, irgendwann musste er es ablehnen, um sich und sein Selbstverständnis zu schützen.

Zudem erstreckte sich die Zurückweisung der Rindsrouladen auf die gesamte nichtukrainische Küche. Konnte ich sie einmal dazu überreden, den griechischen Nudelauflauf mit Schafskäse zu kosten, den ich für mich gemacht hatte, oder das asiatische Ingwerhähnchen, verzog sie den Mund und hätte den Bissen wahrscheinlich am liebsten wieder ausgespuckt. Sie mochte auch kein Obst und Gemüse, das war sie nicht gewohnt aus der Ukraine, sie mochte eigentlich fast gar nichts. Das einzige kulinarische Geschenk, das Deutschland ihr machte, waren ihre geliebten Himbeeren, die es in der Ukraine nur im Sommer, hier aber das ganze Jahr aus der Gefriertruhe gab.

Es war wahrscheinlich ein etwas wunderliches Bild: Zwei ältere Frauen, die zusammenlebten, standen abends gemeinsam in der Küche und kochten, aber jede nur für sich selbst. Danach saßen sie gemeinsam am Tisch, aber jede aß etwas anderes, Nastja entweder eine ihrer wässrigen Suppen, deren Hauptbestandteil zu jeder Jahreszeit Weißkohl war, oder sie briet sich zwei Eier mit Speck, den sie in einem russischen Geschäft gekauft hatte. Dort besorgte sie auch den Salzhering, den sie zu Hause einen Tag lang wässerte, bevor sie ihn mit Zwiebeln und russischem Brot aß. Manchmal bestand ihre Hauptmahlzeit auch einfach nur aus ein paar Löffeln von dem körnigen russischen Quark, den sie mit Rjashenka und Zucker vermischte. Dann saß sie am Tisch vor ihrem Katzenteller, mit einem lebendigen und einem toten Auge, schweigsam, abwesend, ein trauriges, unterernährtes Kind, das sich ausgerechnet bei mir in die fremdeste deutsche Fremde verirrt hatte.

Oft genug hatte sie die ukrainischen Zwangsgemeinschaften verflucht, in denen sie gelebt hatten wie die Stallhasen, aber ein eigenes Zimmer schien eine noch größere

Zumutung für sie zu sein. Sie hielt sich jedenfalls nie darin auf, außer zum Schlafen. Nach dem Essen stellte sie den Fernseher im Wohnzimmer an und setzte sich mit angezogenen Beinen in einen Sessel. Auch der Fernseher war ein Deutscher, den sie nicht verstand, aber er zeigte ihr wenigstens Bilder und erzeugte in dem großen leeren Zimmer ein Geräusch, ohne das sie sich noch verlorener gefühlt hätte als ohnehin schon. Während ich nebenan in meinem Arbeitszimmer vor dem Computer saß, hörte ich Nastja durch die Durchgangstür und den großen Schrank, der davor stand, gähnen und seufzen, immer wieder gähnen und seufzen, fast körperlich teilten mir diese Laute die Qual ihrer Langeweile mit und riefen Schuldgefühle in mir hervor, weil ich mich an den Abenden regelmäßig an die Arbeit setzte. Vielleicht hatte sie angenommen, es würde zwischen uns immer so weitergehen wie bei unseren früheren Treffen, als wir uns stundenlang unterhielten, in der Stadt umherstreiften oder ins Grüne hinausfuhren, was Nastja, die in Kiew an den Flussauen des Dnepr gewohnt und inzwischen fast vergessen hatte, wie eine Wiese oder ein Gewässer aussah, immer besonders glücklich machte. Danach waren wir meistens zu mir gefahren, essen mochte sie schon damals in der Regel nichts, so tranken wir Wein und rauchten schwatzend eine Zigarette nach der anderen.

Nun hatte sich für sie herausgestellt, dass ich gerade abends, wenn sie zu Hause war, am besten arbeiten konnte und keine Zeit für sie hatte. Das war für sie wahrscheinlich eine ähnliche Enttäuschung wie für mich ihre Zurückweisung meiner Rindsrouladen. Manchmal vernachlässigte ich meine Arbeit und setzte mich zu ihr auf die Bettkante, und zuweilen verplauderten wir uns bis spät in die Nacht, alle unsere Konflikte waren vergessen, wir waren wieder Verbündete, Schwestern wie einst. Und natürlich machten wir an den Wochenenden, wenn sie nicht arbeiten musste, auch jetzt Ausflüge in die oft immer noch wilde, nicht vermessene brandenburgische Landschaft.

Aber die meiste Zeit war sie auf sich selbst verwiesen, und mit sich allein konnte sie nichts anfangen. Neben dem Lesen gab es keine Beschäftigung, der sie hätte nachgehen können, und außer ihren Verwandten und Andrej kannte sie niemanden, mit dem sie sich hätte treffen können, nie hatte sie in den Jahren in Berlin irgendeine Freundschaft geschlossen. Die einzige Abwechslung von den öden Abenden mit dem deutschen Fernseher boten die Besuche bei ihrer Schwester, mit der sie aber auch nicht viel mehr tun konnte als fernsehen.

Seit Ljuba, Romans an Krebs erkrankte zweite Frau, gestorben war, fuhr Nastja des Öfteren nach Kiew. Das letzte Mal hatte ich sie zum Bahnhof Lichtenberg gebracht, wo man schon auf dem Berliner Bahnsteig in der Ukraine war. Eine Stunde vor der planmäßigen Abfahrt des Zuges, der bis nach Odessa fuhr, hörte man ringsum kein deutsches Wort mehr. Die Regale in den Bahnhofsgeschäften waren geplündert, sämtliche Kofferkulis verschwunden, die Rolltreppen hatten ihren Geist aufgegeben, vor dem langen Zug drängten sich Menschen wie auf der Flucht. Fernseher, Kühlschränke, Waschmaschinen, Sofas, halbe Wohnungseinrichtungen wurden als Handgepäck in die winzigen Liegewagenabteile gewuchtet. Wie die Menschen selbst in diesen Abteilen noch Platz finden sollten, war rätselhaft.

Bevor Nastja in den Wagen einsteigen durfte, in dem ihr Platz reserviert war, musste sie einem Zugbegleiter ihr Ticket zeigen. Der schaute zwei-, dreimal von dem Papier auf Nastja, als zweifelte er daran, dass sie die rechtmäßige Besitzerin des Fahrscheins war, dann machte er eine knappe Kopfbewegung: Kommen Sie mit! Nastja erbleichte, als hätte man sie soeben verhaftet, aber widerspruchslos folgte sie dem Uniformierten, der so riesig war, dass sie, mit ihrem ewigen Rucksack auf den Schultern, neben ihm herlief wie eine Henne neben einem Strauß.

Es stellte sich heraus, dass der Zugbegleiter mitnichten Böses im Sinn hatte, weit gefehlt. Er brachte sie in ein Abteil, in dem sie bequem allein reisen konnte. Wieso in diesem überfüllten Zug ein ganzes Abteil leer war und warum der Mann dieses Abteil ausgerechnet ihr anbot, blieb ein Geheimnis der slawischen Seele, doch für Nastja wurde die Reise zur Tortur. Noch nie in ihrem Leben war sie achtundzwanzig Stunden ohne Unterbrechung allein gewesen. Sie sah aus dem Fenster auf die eintönigen Wälder und Felder, zwischen denen hin und wieder eine kleine Ansammlung halb verfallener Holzhütten auftauchte, und fühlte sich tatsächlich wie verhaftet. Sie beneidete die Passagiere, die in den anderen Abteilen im Stapel schlafen durften, in einer Ritze zwischen zwei Transportkisten, süß eingebettet in die Schicksalsgemeinschaft der Reisenden. Aber sie wagte es nicht, sich dem guten Willen des Zugbegleiters zu widersetzen und auf die Suche nach dem von ihr reservierten Platz zu gehen. Stoisch hielt sie durch bis Kiew, doch von da an machte sie die Reise nie mehr mit dem Zug, sondern nahm immer das Flugzeug, obwohl sie sonst mit jedem Euro geizte und ein Flugticket, zu jener Zeit und für ihre Verhältnisse, ein Vermögen kostete.

In meiner Wohnung fühlte sie sich wahrscheinlich ähnlich wie in jenem Zugabteil. Sie hätte die Möglichkeit gehabt, in der russisch-ukrainischen Gemeinde Kontakte zu suchen und sicher auch im Überfluss zu finden, aber das probierte sie gar nicht erst. Ich verbot ihr auch nicht, wie Achim es getan hatte, ihre Verwandten zu sich nach Hause einzuladen, im Gegenteil, ich forderte sie immer wieder dazu auf, aber auch das tat sie nie. Hin und wieder machte sie einen Spaziergang mit Andrej, dessen Ehe inzwischen an seinem rastlosen Kampf gegen die Drogensucht zu zerbrechen drohte, doch auch an dem alten Freund aus Kiew schien ihr nicht viel zu liegen. Es kam mir vor, als wäre ihr ganzes Herz ausgefüllt von der Sorge um ihre Tochter und ihren Enkel – als wären diese zwei Menschen die Einzigen auf der Welt, die ihr wirklich etwas bedeuteten.

Abends, bevor sie sich endlich aus der Langeweile vor dem deutschen Fernseher erlöste und ins Bett ging, kam sie immer noch einmal zu mir ins Zimmer, um mir gute Nacht zu sagen. In ihrem kurzen Nachthemd aus einem Ein-Euro-Shop stand sie in der Tür, mit geputzten Zähnen, die sie immer akribisch mit Zahnseide reinigte, das kandisfarbene Haar für die Nacht ganz oben am Kopf durch einen Gummi gezogen und zu einer lustigen Zwiebel geformt, und massierte ihre von den Putzmitteln ausgelaugten und gerade eingecremten Hände, Fingerspitze für Fingerspitze, langsam und systematisch, während wir noch ein paar Sätze miteinander wechselten. Dann ging sie zu ihrem Buch, das auf dem Kopfkissen auf sie wartete. Nach wie vor besaß sie einen Bibliotheksausweis der Staatsbibliothek und lieh sich dort am liebsten moderne deutsche Literatur in russischer Übersetzung aus. Das Deutschland der ins Russische übersetzten Bücher schien für sie ein ganz anderes Land zu sein als das, in dem sie lebte. Begeistert erzählte sie mir von ihren Lektüreerlebnissen, war hingerissen von Marlen Haushofer, Christa Wolf, Sten Nadolny, Patrick Süskind und vielen anderen. Jeden Abend ab neun oder zehn Uhr lag sie in ihrem Bett, immer bäuchlings, den Kopf mit der Haarzwiebel in die dünnen Hände gestützt, vor ihr ein aufgeschlagenes Buch: die aufgeschlagene Welt, in die sie versunken war, in glücklicher Selbstvergessenheit.

Auf der Kehrseite ihres Hungers nach Kontakt, nach Kommunikation, war sie, wie sie selbst es nannte, eine Vagabundin. Schon in Kiew hatte sie jede Gelegenheit genutzt, sich ihrem Familienalltag zu entziehen, um allein und anonym durch die Straßen zu streunen. Mir sagte sie nie Bescheid, sondern blieb einfach weg, stundenlang, und dann wusste ich, dass sie wieder durch die steinernen Wälder der Stadt trieb. Es hatte nichts mit dem deutschen Spazierengehen zu tun, das ich als Kind russisch-ukrainischer Eltern auch nicht gekannt hatte. Spazierengehen war den deutschen Kindern vorbehalten gewesen, die damals im Sonntagskleid mit ihren Eltern auf der Hauptstraße des ländlichen Städtchens promenierten, gelegentlich wurde ein Café besucht, wo es Eis und Torte gab.

Nastjas Ausflüge waren ganz anders. Sie folgte einem Verlangen nach Wildnis, nach Vereinzelung. Es war, als würde sie sich vorübergehend aus einer Hauskatze in eine Straßenkatze verwandeln, die nicht zu domestizieren war. Eigentlich, so dachte ich manchmal, brauchte sie überhaupt kein Zuhause, jedenfalls nicht im Sommer, sie hätte auch irgendwo im Gras oder auf einer Bank schlafen können. Daran gehindert hätte sie vielleicht nur ihre Angst vor Gewittern. Wenn es blitzte und donnerte, fürchtete sie sich wie ein Kind oder wie ein Naturmensch, der ein Gewitter für einen Zornesausbruch der Götter hält. Der Blitzableiter auf dem Dach konnte sie nicht beruhigen. Einmal kroch sie während eines besonders starken Gewitters unter ihr Bett und kam erst wieder hervor, als es vorbei war.

Je länger wir zusammenlebten, desto problematischer wurde es. Ich ließ mich anstecken von ihrer Fremdheit und fühlte mich in meiner eigenen Wohnung nicht mehr zu Hause. Am Anfang hatten wir noch versucht, Deutsch miteinander zu sprechen, aber diese Versuche waren schnell gescheitert. Sie strengte sich nur mir zuliebe an und vergaß sofort wieder alles, was sie gelernt hatte. Sie konnte nicht einmal den Namen der Straße richtig aussprechen, in der wir wohnten, und hätte es, wäre sie einmal verlorengegangen, wahrscheinlich nicht geschafft, die Adresse so zu nennen, dass man sie auch verstanden hätte. Sie blieb taub für die deutsche Sprachmelodie, sie konnte ihr inneres Instrument nicht umstimmen, sondern behielt die russische Tonart bei und brachte das Kunststück fertig, auch dann Russisch zu sprechen, wenn sie Deutsch sprach. Sie spielte, sozusagen, Klavier auf einem Cello.

Jeder mochte sie, auch meine deutschen Freunde fanden sie sympathisch und wollten sie näher kennenlernen, aber das beruhte nicht auf Gegenseitigkeit. Immer wenn jemand zu Besuch kam, ging sie auf und davon. Sie floh vor dem Essen, das ich auf den Tisch stellen würde, sie schämte sich für ihr schlechtes Deutsch und fürchtete sich zunehmend vor meinen ungeduldigen, gereizten Reaktionen auf ihre Sprachverweigerung. Sie behauptete, sie sei einfach zu dumm, ein «ukrainische Holzkopp» eben, Achim habe sie ganz zu Recht so genannt, was mich noch zorniger machte, weil sie das wirklich glaubte und mit beharrlicher Ignoranz ihre Reserve dem Deutschen gegenüber leugnete, die ich immer gekränkter auf mich bezog. Ich beschwor sie, sich doch wenigstens in ihrem Zimmer aufzuhalten, während ich Besuch hatte, ich versicherte ihr, dass niemand die Tür öffnen würde, ich schlug vor, einen zweiten Fernseher zu kaufen, der, ausgestattet mit einem russischen Kanal, in ihrem Zimmer stehen könnte, aber von alldem wollte sie nichts hören. Sie nahm ihren Rucksack und verließ die Wohnung, sobald jemand, der Deutsch sprach, über die Schwelle unserer Wohnung trat.

Das führte dazu, dass schließlich ich es war, die aus der Wohnung vertrieben wurde. Wenn ich eine Freundin sehen wollte, ging ich zu ihr nach Hause, oder wir trafen uns in einem Café, weil ich nicht gemütlich mit jemandem bei mir zusammensitzen konnte, während ich Nastja auf der dunklen Straße wusste, wo sie sinnlos herumstromerte und die Zeit totschlug. Manchmal kam sie erst nachts um zwei, durchnässt und halb erfroren, in die Wohnung zurück.

Immer wieder gerieten wir wegen der Sprache in Streit, obwohl ich wusste, dass es gar nicht um die Sprache ging. Nastjas Verweigerung war nur Selbstschutz, ein Symptom der mir selbst so gut bekannten, anscheinend unausrottbaren slawischen Krankheit, die in einem hoffnungslosen Minderwertigkeitskomplex gegenüber dem Westen bestand, vor allem gegenüber den Deutschen. In der nationalsozialistischen Rassenhierarchie galten die Ukrainer als die minderwertigsten Slawen überhaupt, ihre Dezimierung gehörte zu Hitlers Plan, für die arische Herrenrasse neuen Lebensraum zu schaffen. Übrig bleiben sollten nur die Slawen, die zur Germanisierung geeignet schienen oder den Deutschen als Domestiken, als Arbeitstiere dienen sollten. Ich wusste nicht, ob Nastja das wusste, aber sie musste es gar nicht wissen, die stille slawische Volksdemut, das mangelnde Selbstwertgefühl, das seinen Ursprung tief in der Geschichte des seit jeher geknechteten Landes hatte, waren ihr von ihren Ahnen und Urahnen in die Wiege gelegt worden. Schon deshalb floh sie in Deutschland vor all den freien, aufgeklärten, demokratischen, höflichen, weitgereisten, meist mehrsprachigen, selbstbewussten Menschen, die alle so nett zu ihr waren, in denen sie aber das diametrale Gegenteil ihrer selbst sah. Sie war sich sicher, dass ihr der Geruch des «ukrainischen Schweinestalls» unauslöschlich anhaftete, wie sie sich ausdrückte, der Geruch einer finsteren, armseligen, erbarmungslosen Welt, in der Wörter wie Toleranz, Liberalität, Pluralität unbekannt waren oder als westliche Scheinheiligkeit belächelt wurden, einer Welt, in der um jeden Preis Einigkeit herrschen musste, in der jeder mit der Keule in der Hand lebte. Sie konnte nicht ankommen im Westen, der Sprung war zu groß. Auch in meiner Wohnung hatte sie nur ihr «Eckchen», wie vorher schon bei Achim, sie hielt sich immer für die Nehmende, die nur Geduldete, sie konnte nie die gleichberechtigte Mitbewohnerin werden, die ich gern in ihr gesehen hätte.

Manchmal nannte ich sie für mich «mein Dornröschen». Wir in Deutschland waren es gewohnt, uns Fragen nach unserer Herkunft, unseren Eltern, unserer Kindheit, unserer Prägung zu stellen, wir gingen zu Psychotherapeuten, um uns selbst auf die Spur zu kommen, uns als Individuen zu finden, die Schatten, die uns bedrängen, aufzulösen. All das war Nastja fremd. In ihren Augen war der Mensch ein genetisch festgelegtes Wesen, das sich nicht verändern konnte. Sie hatte gelernt, dass die Psychologie eine bürgerliche Wissenschaft war, und sie glaubte nicht daran, dass sie den Menschen half. Vielmehr war sie überzeugt davon, dass alles Übel von außen kam, von den Mächtigen, denen man auf Gedeih und Verderb ausgeliefert war. So hatte sie das in ihrem

Land erlebt, einem Land, in dem die Menschen den Staat verfluchten und zugleich von einer tiefen, irrationalen Machtgläubigkeit waren, von der sie aber nichts wussten. In diesem kollektiven Nichtwissen schien auch ihre Seele den Dornröschenschlaf zu schlafen, in beständiger Umarmung mit dem großen Wir, mit ihrer Rabenmutter Ukraine.

Am besten ging es uns auf unseren Ausflügen ins Umland der Stadt, irgendwohin in den Spreewald, an die Mecklenburgische Seenplatte. Stundenlang trieben wir durch die Landschaft, entlang an Wiesen, Feldern und Wasserläufen, durch Ortschaften, die noch im letzten Jahrhundert zu verharren schienen, in denen die Bäume ihre Äste voller Birnen und Äpfel über die Gartenzäune hängen ließen. Wir rasteten an einsamen Waldseen, auf deren grünem Wasser Licht und Schatten miteinander tanzten, gerieten in Gewitter und in Sümpfe, aus denen wir uns auf die Rücken umgekippter Bäume retteten, und abends kehrten wir wie von weit her nach Hause zurück, betrunken von Sauerstoff.

Einmal kamen wir auf einer Fahrt zum Ku'damm durch die Straße, in der Nastja zuletzt mit Achim gewohnt hatte. Das altmodische Hotel, das vor dem Bürohaus stand und dessen Küchengerüche sie damals selbst im Schlaf heimgesucht hatten, war nicht wiederzuerkennen. Es hatte einen amerikanischen Beinamen bekommen und sah jetzt aus wie eine der neuen, gläsernen Nobelherbergen in der Friedrichstraße oder am Potsdamer Platz. Die Tür zum Hinterhof war abgeschlossen, sodass wir nicht nachsehen konnten, ob das Hühnerhaus noch da war, aber zu unserer großen Überraschung entdeckten wir, dass Achims Mercedes noch dastand, und zwar an genau der Stelle der Straße, wo er selbst ihn zuletzt abgestellt hatte, als wäre es erst gestern gewesen und als müsste er im nächsten Moment aus dem Haus heraustreten in seiner schwarzen Lederhaut, um sein vergöttertes Auto zu inspizieren. Selbst der Polizei schien es Respekt einzuflößen, weil sie es nicht abschleppen ließ – ein herrenloses Wrack, das seit zwei Jahren an einer stark befahrenen Straße mit begehrten Parkplätzen stand. Von den Jahreszeiten zerfressen, in die Knie gegangen mit den platten Reifen und verrosteten Hufeisen und Marienkäfern am Kühlergrill, kam es uns vor wie ein Spuk, Achims unsterbliches Herzstück, an dem seine Erbin, die Deutsche Bank, ganz offensichtlich kein Interesse gehabt hatte. Ich war dafür gewesen, das Auto zu verkaufen, den Betrug hätte ich auf meine Kappe genommen, aber der Gedanke daran, erneut ins Visier der deutschen Justiz zu geraten, hatte bei Nastja schiere Panik ausgelöst. Jetzt tat es ihr leid um die mindestens dreitausend Mark, die sie für das Auto noch bekommen hätte, nun war das Geld, von dem ein Mensch in der Ukraine ein Jahr und länger hätte leben können, buchstäblich am Straßenrand verrottet – wie möglicherweise Achims gesamte Hinterlassenschaft im Hühnerhaus, in dem vielleicht immer noch die Aktenordner mit der Dokumentation seiner elf Ehen standen und der Kuckuck jede Viertelstunde aus seinem Schwarzwaldhäuschen sprang und die Zeit verkündete, während Achim weit entfernt mit seinen

Berliner Brüdern und Schwestern jenseits der Zeit bei
«Muttchen» schlief.

Als Witwe eines Deutschen war Nastja inzwischen im
Besitz einer unbefristeten Aufenthaltserlaubnis. Ihre
eheliche Katastrophe hatte ihr am Ende eine Witwenrente beschert, die in der neuen deutschen Währung
siebenhundert Euro betrug. Zusammen mit ihren Einnahmen durch das Putzen ergab das eine beachtliche
Summe, die sie jeden Monat in die Ukraine schicken
konnte. Für sich selbst brauchte sie weiterhin so gut
wie nichts, noch nie war ich einem derart bedürfnis-
losen Menschen wie ihr begegnet. Sie besaß zwei Paar
Schuhe, eins für den Sommer, eins für den Winter, zwei
Paar Jeans, die sie das ganze Jahr über abwechselnd trug,
ihr teuerstes Kleidungsstück war eine warme Daunen-
jacke, die sie glücklich machte, weil sie darin zum ersten
Mal in ihrem Leben nicht fror, wenn sie im Winter nach
draußen ging. Sie brauchte ihren Kaffee und ihre Zigaretten, sie brauchte ihre Bücher, beim Anblick eines Re-
genbogens oder eines Sonnenuntergangs konnte sie in
Ekstase geraten, aber die Attraktionen der Konsumwelt
ließen sie auch nach Jahren noch unberührt.

Selbst der märchenhafte Ruhm, der der deutschen
Medizin in den Osten vorauseilte, bedeutete ihr nichts,
weil sie keine Medizin brauchte und auch gar nicht an sie
zu glauben schien. Abgesehen von den unumgänglichen
Kinderkrankheiten und einer Schwindelerkrankung in
jungen Jahren, in deren Folge ihr rechtes Ohr ertaubt
war, sodass ich auf der Straße immer links von ihr gehen

musste, weil sie mich sonst nicht hörte, war sie immer von begnadeter Gesundheit gewesen. Ihr einziges Leiden bestand in ihrem zu niedrigen Blutdruck, den sie täglich mit ihrem starken schwarzen Kaffee bekämpfte. Schon ihr Leben lang duschte sie jeden Morgen kalt und machte ein paar leichte gymnastische Übungen. Ihr Organismus hatte nicht allzu viel zu tun, weil sie ihm nur ein Minimum an Nahrung zuführte. Dass es sich um eintönige, nicht ausgesprochen gesunde Nahrung handelte, schien er ihr genauso wenig übelzunehmen wie ihr starkes Rauchen. Auch ihr fortgeschrittenes Alter setzte ihr bis jetzt kaum Grenzen. In ihrem Datschengarten hinter Kiew kletterte sie weiterhin auf Bäume, um Äpfel und Kirschen zu ernten, sie konnte minutenlang auf dem Kopf stehen oder ein Rad schlagen, nicht nach rechts, wie die meisten es taten, sondern nach links, weil sie Linkshänderin war. Ihre Linkshändigkeit hatte man ihr nicht einmal in der sowjetischen Schule austreiben können, wo Abweichungen von der Norm nicht geduldet, sondern konsequent geahndet wurden. Sie war das Kind von Pharmazeuten, hatte aber noch nie in ihrem Leben eine Kopfschmerztablette genommen, den Arzt, mit dem sie verheiratet gewesen war, hatte sie nie als Patientin gebraucht. Es schien mir sicher, dass sie eines noch fernen Tages genauso sterben würde wie ihre Mutter, um deren Leben sie als Kind ganz umsonst gebangt hatte. Nastja war schon vierzig gewesen, als ihre Mutter sich im Alter von über neunzig Jahren hingelegt hatte und ohne jedes Anzeichen einer Krankheit langsam und schmerzlos auf dem Sofa ihrer Tochter in Kiew erloschen war.

Es kam wieder einmal Weihnachten. Nastja ignorierte die deutschen Feiertage, genauso wie es einst auch meine Eltern getan hatten, was mich als Kind jedes Jahr zu Weihnachten mit einer bodenlosen Traurigkeit erfüllt hatte. Wir hatten in einem Lager für Displaced Persons gelebt, so nannte man die ehemaligen, nach Kriegsende befreiten Zwangsarbeiter des Dritten Reichs, und nie fühlte ich mich ausgestoßener aus der deutschen Welt als beim Anblick der geschmückten, leuchtenden Weihnachtsbäume, die ich hinter den Fenstern der Häuser sah, während ich auf der dunklen, frostigen Straße allein dahintrottete.

Seit langem war mir die weihnachtliche Konsumorgie inzwischen zuwider, ich wollte damit nichts zu tun haben, und doch beschlich mich an jedem 24. Dezember meine alte Kindertraurigkeit. In den Jahren seit meiner Scheidung hatte ich diesen Tag immer allein verbracht, weil alle meine Freunde familiäre Verpflichtungen hatten, zu denen ich es trotz zweier Ehen nie so richtig hatte bringen können, zumal ich nie Mutter geworden war. Mit Nastja hätte ich gern ein paar Tannenzweige in eine Vase gestellt und eine Weihnachtsgans gebraten, aber daran war nicht zu denken. Seltsamerweise wirkte auch sie am deutschen Heiligen Abend traurig, obwohl dieser Tag sie ja gar nichts anging: Das ukrainische Weihnachtsfest wurde nach dem julianischen Kalender gefeiert, zwei Wochen später als das deutsche. Aber sie bekam wieder ihr totes rechtes Auge, verschanzte sich hinter einem Buch und schwieg.

Ich hatte noch nie Plätzchen gebacken, ich beherrschte die Kunst des Backens nicht, aber in diesem Jahr beschloss ich ein paar Tage vor Weihnachten, es zu versuchen. Am Abend des 24. Dezember stellte ich einen Teller mit durchaus gelungenen Zimtsternen auf den Tisch, als Beigabe zu dem heißen Tee, den wir nach dem getrennten Essen manchmal gemeinsam tranken. Nastja griff mit spitzen Fingern nach einem Plätzchen, biss hinein, verzog ihr Gesicht, als müsste sie Gift schlucken, und legte den Rest wieder auf den Teller. Ich stand abrupt auf, zog im Flur meinen Mantel an und schlug die Tür hinter mir zu.

Auf der leeren Straße funkelte und blinkte die grelle Weihnachtsdeko an den Fenstern und Balkonen um die Wette, nirgends hatte ich dieses Schauspiel je in so grandioser Üppigkeit gesehen wie in Berlin. Ich schlug den Weg zu meiner russischen Freundin Lena ein, die in der Nachbarstraße wohnte und in diesem Jahr mit ihrer Familie nicht zu den Schwiegereltern in den Schwarzwald gefahren war, sondern eines ihrer kunterbunten Feste gab, zu dem auch ich eingeladen war. Lena war einst als Austauschstudentin aus Moskau in die DDR gekommen, wurde vom Mauerfall überrascht, lernte ihren deutschen Mann kennen und blieb. Sie war in allem Nastjas Gegenteil, eine Russin, die fließend Deutsch sprach und sich in Berlin zu Hause fühlte. Sie arbeitete für eine deutsch-russische Filmgesellschaft, ehrenamtlich für eine deutsche Fraueninitiative, hatte lebhafte Beziehungen zu ihrer vielköpfigen Familie in Moskau, aber auch einen großen deutschen Freundeskreis, ihre beiden Kinder wuchsen bilingual auf. Auf ihren familiären Festen versammelten sich immer Menschen unterschiedlichster Herkunft, Christen, Juden, Atheisten, Westdeutsche, Ostdeutsche, Russen, Polen, Franzosen und andere. Auf dem Tisch standen die von den Gästen mitgebrachten Speisen, Lena machte meistens ihren usbekischen Reispilaff und eine russische Charlotka. Diesmal wurde gemeinsam und einzeln gesungen, ein junges polnisches Paar trug ein zu Herzen gehendes Marienlied vor, eine kleine bebrillte Russin überraschte mit einer vollen, rauchigen Stimme, mit der sie Alexander Vertinskys mitreißenden Song «Bananen-und-Limonen-Singapur-pur» zum Besten gab. Zu fortgeschrittener Stunde wurde wie so oft zu wildem Balkanrock getanzt.

Wie niemandem sonst, den ich kannte, gelang es Lena, in der östlichen und der westlichen Welt gleichzeitig zu leben. Tag für Tag schaffte sie diesen eigentlich unmöglichen Spagat, die Quadratur des Kreises. Sie schützte sich nicht, sondern ging immer auf den wundesten Punkt zu, sie wollte wissen, sie wollte verstehen, sie wollte beide Welten in ihren Stoffwechsel aufnehmen und an sich selbst erproben, wie diese Vermengung wirkte. Auch wir waren uns 1992 in dem neuen Berlin begegnet, Lena hatte mir damals den Brief einer russischen Freundin aus Moskau mitgebracht, so begann unsere Freundschaft. Sehr schnell war mit ihr jener westöstliche Divan entstanden, auf den ich auch mit Nastja gehofft hatte. Wann immer wir zusammensaßen, kamen wir früher oder später auf das deutsch-russische Thema und wälzten es meist bis tief in die Nacht, Lena mit ihrem scharfen, analytischen Verstand, dem nichts entging und der ihr einst in Russland den Spitznamen «Skalpell» eingebracht hatte. Wir wussten umeinander, Lena und ich, sie wusste jedenfalls um mich, niemand verstand mich mit meinem lebenslangen Oszillieren zwischen den Welten besser als sie.

Als ich in der Weihnachtsnacht spät und etwas feucht-fröhlich nach Hause kam, war es bei Nastja im Zimmer schon dunkel. Es tat mir inzwischen leid, dass ich sie allein gelassen hatte. Wir hätten auch ohne Zimtsterne und Weihnachten gemütlich zusammensitzen können, das gemeinsame abendliche Teetrinken war immer die größte Freude des Tages für sie. Trotz aller Schutzmau-ern, die sie um sich ziehen musste, hatte sie mich in ihr Herz aufgenommen und war mir eine unbeirrbare Freundin. Sie beherrschte weder die Kunst der Kon-vention noch die des Taktierens, viel mehr als Ratio war sie Seele, Gefühl, immer direkt und unverstellt. Manch-mal sagte sie mir Dinge, die mir eine deutsche Freundin nicht zu sagen gewagt hätte, ich musste schlucken, aber ich wusste immer, dass sie keinen geheimen Groll ge-gen mich hegte, dass sie ohne Hintergedanken war. Sie besaß viel sarkastischen Humor, mit dem sie oft meine trüben Gedanken vertrieb, und sie wurde nie müde, mir zuzuhören, ihr innerer Raum dafür schien grenzenlos. Während ich sie häufig kritisierte, an ihr herummäkelte, akzeptierte sie mich immer so, wie ich war. Ohne jeden Unmut nahm sie meine immense Störbarkeit hin, mei-ne vielen Empfindlichkeiten, meine Egoismen, meine ständigen Schreibkrisen und Depressionen, war unter allen Umständen loyal und hielt immer zu mir. Als ich einmal mit dem Rücken zur Wand stand, weil ich mit meinen Büchern kein Geld mehr verdiente und mein neues Manuskript von allen Verlagen abgelehnt wurde, bot sie, die ohnehin die halbe Ukraine ernährte, mir sofort an, mich «durchzufüttern». Sie ahnte nicht, wie hoch in Deutschland die Fixkosten für eine selbst sehr bescheidene Existenz waren, dass die Ernährung, ganz anders als in der Ukraine, den kleinsten Posten im Budget darstellte.

Sie putzte weiterhin die Wohnung, spülte das Geschirr, trug meine Briefe zur Post, bückte sich zum tausendsten Mal für mich, weil meine Wirbelsäule seit jenem Umzug aus der Südpfalz nach Berlin offenbar für immer ruiniert war. Sie kaufte für mich ein und besorgte fast das gesamte Alltagsgeschäft. All das tat sie nicht nur mit wortloser Selbstverständlichkeit – sie war glücklich, wenn sie gebraucht wurde, weil sie ein Mensch war, der das Gebrauchtwerden brauchte, und weil all diese Aktivitäten sie von ihrer Langeweile erlösten.

Als ich, um wieder etwas Geld in die Kasse zu bekommen, an der Übersetzung eines russischen Romans ins Deutsche zu arbeiten begann, erwies es sich, dass sie auch als Zeugin der Sowjetzeit, in der der Roman spielte, eine große Hilfe für mich war. Sie kannte die Realien des Alltags in der Breschnew-Ära bis in die kleinsten Verästelungen, hörte selbst die feinsten Anspielungen des Autors aus der tragikomischen Kindheitsgeschichte heraus. Jeden Abend, wenn sie nach Hause kam, stellte ich ihr die Fragen, die ich während des Tages gesammelt hatte. Es war wahrscheinlich unsere beste gemeinsame Zeit. Von Nastja wurde endlich einmal etwas anderes verlangt als die Fähigkeit, eine Badewanne auf Hochglanz zu bringen oder Betten frisch zu beziehen. Sie blühte auf, während wir zusammen in ihre Welt eintauchten und sie das Zepter der Sprache übernahm. Hier, im Leben eines kleinen Jungen in den siebziger Jahren in Moskau, kannte sie fast alles – vom Frühstücksbrei, den er jeden Morgen löffeln musste, bis hin zu den volkstümlichen Flüchen seiner Großmutter und der wollenen Strumpfhose, die er trug. Jetzt war sie die Gebende, die Wissende, sie besaß etwas, das ich brauchte und dankbar annahm. Und nicht zuletzt war die russische Geschichte mit einem so unwiderstehlichen, durchtriebenen Humor geschrieben, dass wir uns oft bogen vor Lachen und so manche Wendung als Running Gag in unser Alltagsvokabular einging.

Und uns verband nicht nur die Liebe zur Literatur, sondern auch die zur Musik. Unsere schönste gemeinsame Beschäftigung bestand darin, uns in den musikalischen Dschungel bei YouTube hineinzuklicken. Nastja war schon seit ihren jungen Jahren ein Fan von Elvis Presley, dessen Ruhm damals bis in die Ukraine gedrungen war, jetzt lernte sie noch viele andere Poplegenden des Westens kennen, verliebte sich in Simon & Garfunkel, Eva Cassidy und den österreichischen Alpenrocker Hubert von Goisern, der sie mit seinen Jodelfeuerwerken in Begeisterung versetzte.

Aber meistens hielten wir uns nicht lange mit Unterhaltungsmusik auf, sondern wechselten ins Fach der Klassik. Am liebsten hörte sie das 5. Klavierkonzert von Beethoven, die Impromptus von Schubert und die Préludes von Chopin. Wir verbrachten Nächte mit Evgenij Kissin, Artur Rubinstein, Itzhak Perlman und vielen anderen Virtuosen, aber nach und nach steckte ich Nastja mit meiner Obsession für die Oper an, für das Urinstrument der Musik – die menschliche Stimme. Am tiefsten ergriff sie Vincenzo Bellinis Belcanto, Arien wie «Vaga luna», «Casta diva», «A te, o cara». Wenn wir die Callas singen hörten, Enrico Caruso, Renata Tebaldi, Teresa Berganza, Franco Corelli, Luciano Pavarotti und all die anderen Göttinnen und Götter der Oper, stand die Welt für uns still. Stunden über Stunden brachten wir im Rausch zu, in der Musik zerschmolzen alle unsere Differenzen. Uns war, als wüssten die Stimmen etwas davon, woher wir kamen und wohin wir gingen, als kennten sie das Geheimnis, die Antwort auf die ewige Frage nach dem Warum. Sie erschienen uns als das Einzige, das nicht vergehen würde, wenn alles schon vergangen wäre, die Erde, die Sterne, unsere Galaxis und wir selbst, dann würden diese Stimmen noch weiterklingen im leeren Weltraum, im Nichts. Sie waren das, was nach uns bleiben würde, die Kunde von uns, von der Schönheit, der Sehnsucht und der Verlorenheit der Spezies Mensch.

Früher oder später landeten wir spätnachts fast immer bei dem russischen Bariton Dmitri Hvorostovsky. Er war in einem Plattenbau im sibirischen Krasnojarsk aufgewachsen, debütierte an der dortigen Oper und gewann

1989 den hochkarätigen Wettbewerb «BBC Cardiff Singer of the World». Damit begann sein Weltruhm. Nicht nur die Melomanen unter den russischen Emigranten auf dem gesamten Erdball lagen ihm zu Füßen, er galt weltweit als einer der größten Baritone seiner Zeit, war eine charismatische, energiegeladene Majestät mit einer silbernen Haarmähne und einem begnadeten Lächeln. Er schien die Wärme eines russischen Mushiks und die Kälte des Eugen Onegin in sich zu vereinen, tiefe Melancholie und mitreißende Lebensfreude, den Draufgänger und einen verschüchterten Provinzler, wie er sich selbst nannte, Unersättlichkeit und einen deutlich wahrnehmbaren Ekel vor seinem eigenen Glanz, vor der Anbetung der Menschen, die ihm in solchem Übermaß entgegengebracht wurde.

In erster Ehe war er mit einer russischen Ballerina verheiratet gewesen, jetzt sah man ihn in den Medien fast nur noch an der Seite seiner zweiten Frau, einer unerbittlich lächelnden Schweizer Schönheit aus einem Hochglanzmagazin. Er lebte in London, kehrte aber immer wieder auf die Bühnen Russlands zurück, dort, so sagte er, habe er sein eigentliches Publikum, das schlichte Opernhaus von Krasnojarsk sei seinem Herzen weit näher als die glamouröse Metropolitan Opera in New York. Wir nahmen ihn und seine Stimme mit in unsere Träume, wenn wir ihm wieder einmal bis zum Morgengrauen zugehört hatten und Nastja schon ein paar Stunden später wieder aufstehen und zur U-Bahn hasten musste. Er war unser gemeinsamer Geliebter, unser Geheimnis, der Mann, der in zwei gealterten Frauen zum letzten Mal die romantische Sehnsucht der Sterblichen nach Unsterblichkeit geweckt hatte.

Wir ahnten noch nicht, um wie viel sterblicher er war als wir. Wir wären vor ihm an der Reihe gewesen, aber nicht wir starben, er starb – ein Sänger auf dem Höhepunkt seiner Karriere, schön, reich und angebetet, Vater von vier Kindern, die jüngsten im Alter von zehn und dreizehn Jahren. Von heute auf morgen wurde bekannt, dass er an einem Hirntumor erkrankt war und alle Auftritte absagen musste. Nastja lebte damals schon lange nicht mehr bei mir, aber per Internet verfolgten wir gemeinsam seinen Niedergang. Nach einem Bestrahlungszyklus triumphierte er noch einmal als Giorgio Germont in Verdis «La traviata» an der Met, wo man ihn am Ende in ein Bad aus weißen Rosen tauchte, danach verschwand er wieder von der Bildfläche. Ein paar Monate lang umgab ihn eine unheimliche Stille, zum letzten Mal sah man ihn öffentlich auf der Bühne seiner Heimatstadt am Jenissej. Vor dem Publikum stand ein alter, in sich zusammengesunkener Mann mit einem bandagierten Arm und schweren motorischen Störungen, ein sterbender Gott, der sich zum letzten Mal seinen Anbetern zeigte. Seine Stimme war schon fast versiegt, aber sie applaudierten mehr denn je, sie hörten nicht auf zu applaudieren, nachdem er zum Abschied «Schwarze Augen» gesungen hatte, den weltbekannten russischen Evergreen von der schicksalhaften, tödlichen Liebe. Kurz darauf wurde gemeldet, dass er in einem Londoner Hospiz gestorben war. Die Hälfte seiner Asche wurde auf dem berühmten Moskauer Nowodewitschje-Friedhof beigesetzt, nah dem Grab von Fjodor Schaljapin, die andere Hälfte in seiner Heimatstadt Krasnojarsk.

Es war Winter, Nastjas so ungeliebte Jahreszeit. Abend für Abend kam sie mit vor Kälte abgestorbenen Fingern nach Hause, zog ihre Jacke aus und drückte sich sofort an die Heizung. Das dunkle, nasskalte Winterwetter setzte ihr zu und verstärkte ihre ständige Sorge um ihren Enkel Slawa in der Ukraine und ihre Tochter in den Niederlanden. Von allen Ängsten, unter denen sie litt, war sie am meisten in der Angst um diese zwei Menschen gefangen. Sie schien wie gelähmt von ihren Befürchtungen, auf Schritt und Tritt verfolgten sie die Vorstellungen schlimmster Gefahren, in denen sie Vika oder Slawa schweben sah, ohne helfen zu können. Es blieb mir ein Rätsel, wie sie es unter diesen Umständen fertiggebracht hatte, ihren Enkel, der bereits seine Mutter und seinen Vater verloren hatte, ohne ihren Schutz und ihre Obhut in Kiew zurückzulassen, auch wenn sie ihn bei Roman gut aufgehoben wusste. Ihre Not musste eine äußerste gewesen sein.

Abgesehen von den vielen alltäglichen Gefahren, die in einem so instabilen, chaotischen Land wie der Ukraine lauerten, war es Nastjas größte Befürchtung, dass Slawa krank werden könnte. Zwar war sein Großvater Arzt, aber die desolate ukrainische Medizin setzte seinen Möglichkeiten enge Grenzen. Zuweilen reichte nicht einmal das Verbandsmaterial, um operierte Patienten zu verbinden, es fehlten lebensnotwendige Medikamente, die hygienischen Verhältnisse spotteten jeder Beschreibung. Wer ins Krankenhaus eingewiesen wurde, der galt bereits als verloren. Hinzu kam, dass Slawa sich inzwischen langsam dem wehrdiensttauglichen Alter näherte, und das ukrainische Militär galt ebenfalls als Ort des Untergangs. Viele versuchten, ihre wehrfähig gewordenen Söhne dem Zugriff des Staates zu entziehen, sie versteckten sie vorübergehend irgendwo auf dem Land, gingen nicht mehr ans Telefon, reagierten nicht mehr auf das Klingeln an der Tür. Obwohl es für Slawa erst in zwei Jahren so weit sein würde, zerbrach Nastja sich schon jetzt den Kopf darüber, wie sie ihn vor der Armee würde retten können.

Es war Usus, dass sie einmal in der Woche in Kiew anrief. Schon in der Nacht davor schlief sie schlecht. Den ganzen Tag, während sie Staub von Teppichen saugte und Wasserhähne blank rieb, dachte sie an nichts anderes als an das, was sie am Abend womöglich am Telefon erfahren würde. Bleich und am ganzen Körper flatternd, kam sie nach Hause.

An einem kühlen Regentag im Mai ging ihr schlimmster Albtraum in Erfüllung. Eine Freundin ihrer Tochter hatte in Kiew angerufen und Roman mitgeteilt, dass Vika mit einem Darmverschluss ins Krankenhaus gekommen sei. Sie habe schon längere Zeit starke Schmerzen gehabt, sei aber nicht zum Arzt gegangen, da sie sich auf diese Weise zwangsläufig als Illegale geoutet hätte. Nach einer Notoperation habe sich eine Sepsis entwickelt, die Ärzte gäben ihr keine großen Überlebenschancen.

Bevor Roman dazu gekommen war, sie zu fragen, in welchem Krankenhaus Vika liege und wie er sie, die ihm unbekannte Anruferin, erreichen könne, hatte sie bereits wieder aufgelegt. Eine Memoryfunktion besaß sein Telefon nicht. Und Nastja hatte keine Adresse von ihrer Tochter, sie wusste nicht einmal, wo in den Niederlanden sie lebte. Zuletzt hatte sie sich vor Monaten aus Amsterdam gemeldet und zum ersten Mal ihre nicht sehr rosigen Lebensumstände erwähnt. Sie arbeitete tagsüber als Hilfsverkäuferin auf einem Fischmarkt, nachts kellnerte sie in einer Bar. Bald, so hatte sie versprochen, würde sie in der Lage sein, Geld für den Lebensunterhalt ihres Sohnes in die Ukraine zu schicken.

Wäre Slawa erkrankt, hätte Nastja sofort nach Kiew reisen können, aber wo, in welchem Krankenhaus in den Niederlanden, hätte sie ihre Tochter suchen sollen? Die einzige Hoffnung war, dass die Freundin, die Roman die Nachricht überbracht hatte, sich noch einmal melden würde. Nastja konnte nichts tun, sie konnte nur warten.

Zusammengekauert saß sie in meinem großen, alten Sessel unter dem Erkerfenster im Berliner Zimmer. Alles Leben war aus ihr gewichen, selbst das Haar auf ihrem Kopf schien erstarrt vor Entsetzen. Sie war zur Untätigkeit verdammt, sie konnte nur sitzen, warten und hoffen, wusste nicht einmal, ob es in den Niederlanden außer der unbekannten Anruferin noch jemanden gab, der um die Lage ihrer Tochter wusste. Ganz verkrochen in sich selbst, saß sie im Sessel, neben sich das Telefon, ein Buch auf den Knien. Ich wusste nicht, ob sie las oder immer nur auf dieselbe Seite starrte. Vielleicht war das Buch jetzt bloß Fixpunkt für ihre Augen, der einzige

Halt, der ihr noch blieb, eine schützende Höhle, ein Versteck vor dem Unaussprechlichen. Sie ging nicht mehr arbeiten, sie sprach nicht mehr, sie konnte nichts mehr essen, nicht mehr schlafen. Sie war der Inbegriff des Wartens, der angehaltene Atem. Sie saß da, als würde sie auf ihre Hinrichtung warten, wurde von Tag zu Tag schmaler und bleicher. Meinen heißen Tee und den russischen Quark mit Zucker, den ich ihr anbot, lehnte sie ab, sie rauchte nicht einmal mehr. Jeden Abend rief sie mit zitternden Fingern in Kiew an, obwohl das stumme Telefon ihr überdeutlich sagte, dass es dort keine Neuigkeiten gab. Lebte ihre Tochter überhaupt noch? Oder lag sie schon in einem Leichenhaus, eine Tote, von der niemand wusste, woher sie kam und wer sie war?

Ich suchte die Telefonnummern aller Amsterdamer Krankenhäuser heraus und rief eines nach dem anderen an. Nirgends war eine Patientin mit Vikas Namen registriert, nur in einem lag eine Ukrainerin mit genau demselben Krankheitsbild, aber sie hatte einen anderen Namen. Ich hätte Nastja viel Leid erspart, wenn ich sofort begriffen hätte, denn natürlich hatte Vika im Krankenhaus einen falschen Namen angegeben. Das war auch der gut Deutsch sprechenden Ärztin klar gewesen, die mir einen sehr deutlichen Wink mit dem Zaunpfahl gab. Aber obwohl auf der Hand lag, dass es in Amsterdam nicht zwei Ukrainerinnen gleichzeitig geben konnte, die mit genau denselben Symptomen im Krankenhaus lagen und um ihr Leben kämpften, ging mir kein Licht auf. Fast im Handumdrehen hatte ich Vika gefunden, aber ich kapierte es nicht.

Nastja hatte nie viel von ihrer Tochter gesprochen; manchmal schien es, als hätte sie die Hoffnung aufgegeben, sie in ihrem Leben noch einmal wiederzusehen. Vika hatte die Ukraine immer mit einem schwer begreiflichen Hass gehasst, alles, was sie nicht mochte, wovor sie Angst hatte, nannte sie schon als Kind «Ukraina», den Kindergarten, die Schule, ihre kratzenden Strumpfhosen, den Borschtsch, den ihre Mutter kochte. Man hielt es für einen kindlichen Wortirrtum, doch je älter Vika wurde, umso deutlicher trat ihre Aversion gegen alles Ukrainische hervor. Sie liebte ihre Eltern, besonders ihren Vater, dem sie sehr ähnlich sah. Sie war hochbeinig und hager wie er, hatte sein dichtes schwarzes Haar und seine etwas schrägen tatarischen Augen. Ihm nacheifernd, versuchte sie es mit einem Medizinstudium, brach es aber bald wieder ab, weil der Unibetrieb ihr genauso zuwider war wie einst der Kindergarten und weil sie wusste, dass sie niemals eine Arbeit im medizinischen Apparat der Ukraine würde ertragen können. Irgendwo in diesem System zu arbeiten, sich in die Gesellschaft, in die große sozialistische Familie einzugliedern, das war für sie völlig abwegig.

Einige Zeit nach dem abgebrochenen Medizinstudium machte sie einen zweiten Versuch, sich in der Ukraine einzurichten: Sie heiratete, stellte sich auf ein Leben als Ehefrau und Mutter ein, ein Leben in einem Kokon, in der häuslichen Privatsphäre. Aber das konnte nicht gutgehen, schon gar nicht mit einem schweren Alkoholiker, zumal in einer winzigen Wohnung mit ihren Eltern, ihrer Großmutter und dem Kind, das gleich nach der Heirat zur Welt kam. Mit Slawas Geburt war ihre Ehe bereits beendet. Kaum war sie mit dem Neugeborenen aus der Klinik nach Hause gekommen, ging der Vater des Kindes auf und davon und ließ sich nie mehr blicken. Vika war genauso weit wie vorher, nur dass sie jetzt ein Kind hatte, das sie zwar liebte, aber das für sie zu einer zusätzlichen Fessel wurde, die sie an die Ukraine band. Zweieinhalb Jahre lang saß sie zu Hause, kümmerte sich um das Kind, machte die Hausarbeit und las Bücher, sie war eine ebenso unersättliche Leserin wie ihre Mutter. Eine wie sie, die nicht arbeiten ging, galt in der Ukraine als «tunejadka», als parasitäres Element. Nur dem Schutz ihrer Eltern, die sie und das Kind durchbrachten, verdankte sie es, dass man sie nicht zur Aufnahme einer Arbeit zwang oder in ein Erziehungslager steckte.

Eines Tages zog sie das dunkelrote Etuikleid an, das ihre Mutter ihr einmal genäht hatte, schlüpfte in ihr einziges Paar Strumpfhosen und in ihre schwarzen Stöckelschuhe. Am Hotel Moskwa, in dem nur hohe Funktionäre und ausländische Gäste untergebracht wurden und wo man die Eingänge vor genau solchen wie Vika schützte, jungen Frauen, die nach ausländischen Männern Ausschau hielten, um mit deren Hilfe in den Westen zu gelangen, später «Intergirls» genannt, schaffte sie es nach einigen Anläufen, sich an den Türstehern vorbeizuschmuggeln und den Weg bis zur Bar zu finden. Mit ihren langen, schön geformten Beinen und dem wie ein schwarzer Wasserfall an ihr herabfallenden Haar saß sie am Tresen und nippte am ersten Whiskey ihres Lebens, unter den Blicken der Westeuropäer, die in diesem Restaurant zu Gast waren.

Der Niederländer, der sie schon sehr bald ansprach, gefiel ihr nicht, aber während andere Frauen oft jahrelang auf der Suche nach einem Ausländer waren, der ihnen den Weg in die Welt ihrer Träume ebnete, zog Vika gleich beim ersten Versuch den Hauptgewinn. Nachdem sie sich noch ein paarmal mit ihm getroffen hatte, gab er ihr vor seinem Rückflug das Versprechen, ihr eine private Einladung nach Amsterdam zu schicken. Und er hielt Wort. Einige Wochen später traf ein Einschreiben aus Amsterdam ein, im Kuvert eine Einladung in niederländischer Sprache, eine beglaubigte, mit zwei Stempeln versehene Übersetzung ins Russische und ein Foto des Mannes, auf dessen Rückseite «Ja ljublju tebja» stand. Es waren wohl die einzigen russischen Worte, die er kannte, wahrscheinlich hatte er sie von ihr gelernt.

Es war das Jahr 1988. Vika konnte nicht ahnen, dass sie schon sehr bald keinen Niederländer mehr gebraucht hätte, um in den Westen zu gelangen, dass sie ein Jahr später mit einem Touristenvisum aus der Ukraine hätte ausreisen können, aber jetzt herrschten noch die eisernen sowjetischen Gesetze, jetzt war sie noch eine Gefangene auf Lebenszeit, die in einer demütigenden Prozedur um Haftentlassung bitten musste. Jedem in der Visabehörde war klar, dass diese attraktive junge Frau, die unter Vorlage einer von einem Mann stammenden Einladung ein Ausreisevisum für den Westen beantragte, nach Ablauf des Visums nicht wiederkommen würde, jeder sah in ihr eine jener zwielichtigen weiblichen Gestalten, die zu allem bereit waren, um im Westen ein neues Leben zu beginnen, die einem Wildfremden in sein Heimatland folgten und nicht selten in der Prostitution endeten.

Zu dieser Zeit musste man in der Regel noch Monate und Jahre auf eine Ausreiseerlaubnis warten, viele bekamen sie nie, aber Vika hatte ein zweites Mal Glück, sofern man ihre Flucht aus der Ukraine als Glück bezeichnen konnte. Schon nach einigen Wochen bekam sie das Visum. Damit war eingetreten, worauf sie ihr Leben lang gewartet hatte: Sie war frei, sie konnte gehen. Sie wusste, dass sie eine Todsünde beging, sie verließ ihr Kind. Aber ihre Eltern hatten ihr versprochen, sich um Slawa zu kümmern, und wenigstens lag sie ihnen nicht mehr auf der Tasche.

Seitdem waren über sechzehn Jahre vergangen, Nastja konnte sich kaum noch vorstellen, wie ihre Tochter aussah. Dann und wann hatte Vika in Kiew angerufen und mit bebender Stimme nach Slawa und ihren Eltern gefragt. Später rief sie Nastja in Berlin an, ebenso selten und ebenso kurz wie vorher. Ihre Adresse hielt sie weiterhin geheim, ihre Anrufe kamen immer aus einer Telefonzelle, in der der Apparat das Geld, das sie einwarf, im Nu hörbar verschluckte und die Verbindung schon endete, bevor Nastja dazu kam, ihr eine Frage zu stellen. Es war klar, dass ihre Eltern nichts über sie erfahren, nichts über das Leben wissen sollten, das sie jetzt führte. Es war klar, dass es ihr nicht gutging, dass sie sich vor ihren Eltern für die Wahrheit schämte. Vielleicht war sie in den Niederlanden ja noch unglücklicher als in der

Ukraine, aber wahrscheinlich wäre sie lieber gestorben, als wieder nach Hause zurückzukehren. Und jetzt starb sie vielleicht wirklich.

Nach neun Tagen, in denen Nastja höchstens zwei, drei Stunden pro Nacht geschlafen hatte, kam endlich der Anruf. Am Apparat war nicht Vikas Freundin, nicht das Krankenhaus und auch nicht die niederländische Polizei, sondern Vika selbst. Sie rief aus dem Krankenhaus an und konnte nicht lange sprechen, aber sie sagte, dass sie schon Suppe gegessen habe und kleine Strecken allein auf dem Krankenhauskorridor gehen könne, wenn sie sich an ihrem fahrbaren Infusionsständer festhalte. Sie wollte auch jetzt nicht, dass ihre Mutter zu ihr kam, dazu seien ihre Lebensumstände noch zu problematisch, sagte sie, aber sie gab Nastja ihre Handynummer.

Zum ersten Mal seit vielen Jahren hielt sie den Ariadnefaden zu ihrer Tochter wieder in der Hand. Einen halben Tag und eine Nacht schlief Nastja, dann wachte sie mit einer unumstößlichen Entscheidung auf. Sie konnte ihre Tochter nicht dazu zwingen, wieder nach Hause zu kommen, aber sie konnte selbst gehen, sie musste gehen – für Vika, an Vikas Stelle und um wieder das häusliche Lagerfeuer in Kiew zu entfachen, an das ihre Tochter zurückkehren könnte, wenn sie irgendwann ihren Sinn doch ändern sollte. Vielleicht war Nastja auch deshalb so lange in Deutschland geblieben, weil sie auf dieser Seite der Welt ihrer Tochter näher sein konnte und weil in ihr die Hoffnung nie ganz erloschen war, Vika eines Tages wiederzusehen, irgendwo zwischen Amsterdam und Berlin. Möglicherweise hatte diese Hoffnung sie ja auch schon damals angetrieben, als sie vor langer Zeit in den Zug gen Westen gestiegen war.

Im Nachhinein musste sie Achim dankbar sein. Von ihrer eigenen Rente hätte sie in der Ukraine nicht leben können. Sie, die leitende Ingenieurin mit einer Dienstzeit von annähernd dreißig Jahren, hätte sich davon nicht mehr kaufen können als zwei der schlanken holländischen Treibhausgurken, die es inzwischen auch in Kiew gab. Aber ihre deutsche Witwenrente war in der Ukraine viel Geld. Mehr als genug, um alle durchzubringen, Slawa, sich selbst und auch Vika, die ihre Illegalität im Westen fast mit dem Leben bezahlt hätte, ein gebranntes Kind, das nun vielleicht doch in den Schoß der ihr so verhassten Ukraine zurückkehren würde. Sie alle könnten wieder zusammen sein, Nastja, Vika, Slawa und auch Roman – im Grunde war Nastja nie von ihm getrennt gewesen. Sie waren beide aus der Enge, aus dem erdrückenden Alltag in neue Leidenschaften geflohen, aber nie hatten sie die Verbindung zueinander verloren. Seit Ljubas Tod lebte Roman wieder allein mit Slawa, und Nastja wusste, dass er schon lange auf sie wartete. Sie hatten sich scheiden lassen, sie hatten beide neu geheiratet, sie hatte sich für lange Zeit in eine andere, ihm sehr fremde Welt entfernt, aber ihre Rückkehr in die Ukraine sollte auch eine Rückkehr zu Roman sein, der immer, durch alle Höhen und Tiefen hindurch, ihr Lebensmensch geblieben war.

Als sie vor einiger Zeit die deutsche Staatsbürgerschaft beantragt hatte, hatte sie das nicht mit der Absicht getan, für immer in Deutschland zu bleiben. Sie hatte sich für eine spätere Zeit, wenn sie wieder in der Ukraine leben würde, einen Fluchtweg offenhalten wollen für den Fall, dass es in ihrer Heimat zu irgendeiner Katastrophe kommen sollte, zu einer neuen Hungersnot, zu einem Bürgerkrieg, zu einer neuen Diktatur. Zwar hätte sie sich jetzt, da es entschieden war, am liebsten sofort auf den Rückweg in die Ukraine gemacht, aber erst noch wollte sie warten, bis sie den deutschen Pass bekam.

Bevor sie ging, erfüllte sich noch einer ihrer sehnlichsten Wünsche. Zum letzten Mal hatte sie das Meer vor mehr als zwanzig Jahren gesehen, das Schwarze Meer an der Krim, ein anderes hatte sie nie gekannt. Jetzt überließ uns ein Freund für zwei Wochen sein Ferienhaus auf Sardinien. Wir flogen über Mailand nach Olbia, vom dortigen Flughafen brachte uns ein Taxi zu dem abgelegenen Häuschen in den Weinbergen direkt am Meer, dem Mittelmeer, das jemals zu sehen Nastja nicht mehr gehofft hatte.

Es war Juli, selbst auf der Krim hatte sie nie so hohe Temperaturen erlebt wie nun an der Ostküste von Sardinien. Ich versteckte mich im Haus hinter geschlossenen Fensterläden vor dem Schirokko, der Tag und Nacht aus der Sahara blies, doch Nastja konnte es nicht heiß genug sein. Sie machte dem Feuersalamander Konkurrenz, der stundenlang reglos in der Sonne lag, wie unter einem Brennglas. Es war, als wollte sie ihren Körper nachträglich mit all der Wärme auffüllen, die er so lange hatte entbehren müssen, eigentlich ihr Leben lang. Sie lag in dem Badeanzug aus meiner Jugendzeit, den ich ihr ge-

181

schenkt hatte, auf der Terrasse, die größer war als ihre Wohnung in Kiew, nahm die Wärme in sich auf und sah auf das glitzernde, im Licht ertrunkene Mittelmeer, an dessen anderem Ende Afrika lag. Jeden Moment konnte aus der flimmernden, wie in Wasser übergehenden Luft das Trugbild einer Fata Morgana heraustreten, ein riesiges Schiff mit geblähten weißen Segeln, das Kurs auf Algier hielt. Das Mittelmeer – ihr Leben lang war das ein magisches Wort für sie gewesen. «Mittelweltmeer» hieß es auf Russisch, das Meer in der Mitte der Welt, das sie zuletzt doch noch erreicht hatte.

Mehrmals am Tag ging sie baden. Sie schwamm so weit hinaus, dass ich ihren Kopf nur noch als entfernten Punkt am Horizont erkennen konnte, in einer Zone des Meeres, wo außer ihr keine Menschen mehr waren. Es schien, als wollte sie für immer davonschwimmen, der Fata Morgana hinterher. Ich konnte nur hoffen, dass es dort draußen keine Haie gab, dass sie keinen Krampf im Fuß bekam. Jedes Mal, wenn sie dann doch mit tropfenden Haaren aus dem Wasser stieg, sah sie ein wenig jünger aus – als würde sie von Mal zu Mal ein weiteres kleines Gewicht ihrer Lebenslast im Mittelmeer zurücklassen.

Mit für sie ganz ungewöhnlichem Appetit aß sie den Fisch, den wir auf dem Markt kauften und abends, wenn es kühler geworden war, auf der Feuerstelle vor dem Haus grillten, den würzigen sardischen Käse und das duftende Weißbrot. Sie staunte beim Anblick der Costa Smeralda, deren Felsen aussahen wie bizarre, von einem Künstler geschaffene Skulpturen, sie bewunderte die unauffällig in den Stein hineingebauten Paläste der Reichen, deren Luxusyachten im Hafen lagen, die roten Felsformationen von Arbatax, die einer Kathedrale glichen. In einer Touristenboutique erstand sie eines der billigen, dünnen, mit Folkloremotiven bestickten Sommerkleider. In diesem Fähnchen sollte ich sie, die ich noch nie in einem Kleid gesehen hatte, vor einer zerraufen Palme fotografieren, im Hintergrund der Strand, die im Sand versickernden Wellen des Mittelmeers. Irgendwann, wenn sie schon lange wieder in der Ukraine wäre und diese Reise ihr vorkäme wie ein Traum, würde das Foto ihr beweisen, dass sie wirklich hier gewesen war, am Mittelmeer, zum ersten und höchstwahrscheinlich letzten Mal in ihrem Leben.

Bis spät in die Nacht saßen wir draußen auf der Terrasse in der warmen dunklen Luft, schauten hinunter auf das schwarze Wasser, das der Mond mit seinem Silber überzog, tranken Rocca Rubia und lauschten dem schrillen Konzert der Zikaden. Ich war am Ende meiner Geschichte mit Nastja angekommen, einer Geschichte, in der meine Mutter Regie geführt hatte. Mir war, als wäre sie es, die ich bis hierher gebracht hatte, ans Mittelmeer, das für sie wahrscheinlich weiter entfernt gewesen war, als sie in ihrem Leben je hatte denken und träumen können. Ich hatte meine Aufgabe erfüllt: Ich hatte ihr in Nastjas Gestalt einen Platz in Deutschland erkämpft, einen Platz, den sie nie gehabt hatte und von dem aus sie nun in die Ukraine zurückkehren konnte, damit ihr Heimweh endlich geheilt werden konnte. Wie sie, so war auch Nastja, ein halbes Jahrhundert später, eine Fremde in Deutschland geblieben, eine der neuen Displaced Persons, die heute wieder zu Millionen über den Erdball irren. Sie hatte Glück gehabt, sie konnte ein «Eckchen» in Deutschland finden, mehr hatte sie nie gewollt.

Ich liebte sie, aber ich wusste, dass sie das Richtige tat, nicht nur für sich, sondern auch für mich. In meinen Abschiedsschmerz mischte sich eine leise Vorfreude auf die Einsamkeit, die mich nun wieder erwartete, Nastja würde in ihre Heimat zurückkehren, ich in die meine.

Zu Hause in Berlin erwartete Nastja bereits ein Schreiben der Einbürgerungsbehörde; sie konnte ihren deutschen Pass abholen. Auf dem Amt musste sie ein Bekenntnis zum deutschen Grundgesetz unterschreiben und 225 Euro bezahlen. Dann wurde ihr der neue Pass ausgehändigt, mit feierlichen Glückwünschen der Beamtin. Nastja war jetzt eine Deutsche. Wie sie die deutsche Sprachprüfung bestanden hatte, die jeder Anwärter auf die Staatsbürgerschaft ablegen musste, war mir unklar. Offenbar hatte sie die ganze Zeit über ein heimliches, mir verborgenes Leben mit der deutschen Sprache geführt.

Sie fuhr zum letzten Mal zu ihren Putzstellen und verabschiedete sich. Ihre Arbeitgeber fielen aus allen Wolken. Nastja hatte ihnen so lange mit leichter und immer verlässlicher Hand die Mühen der Ebene abgenommen, dass sie sich ein Leben ohne sie gar nicht mehr vorstellen konnten. Auch ihr tat es leid, sich von diesen freundlichen, ja herzlichen Menschen zu trennen. Sie war nichts weiter als eine Putzfrau gewesen, aber die meisten hatten sie fast wie ein Familienmitglied behandelt. Nie hatte sie jemand auch nur annähernd so beleidigt und gedemütigt wie Marina Iwanowna. Sie mochte sich gar nicht ausmalen, was sie in der Ukraine erwartete – es gab Momente, in denen sie fürchtete, sie könnte sich zu sehr an das liberale Klima, an das wohl-temperierte, angenehme Leben in Deutschland gewöhnt haben und käme wie eine Fremde in die Ukraine zurück.

Auch der Abschied von Andrej fiel ihr schwerer als gedacht. Beinah hätte sie dasselbe Schicksal ereilt wie ihn, beinah hätte auch sie ihr Kind verloren, aber bei Andrej nahm das Unglück kein Ende. Auf dem Weg zur Arbeit hatten seine fast blinden Augen einen großen, ge-lockerten Pflasterstein auf der Straße übersehen, und er war so heftig gestürzt, dass man ihn mit einem kompli-zierten Splitterbruch der Schulter ins Krankenhaus ein-liefern musste. Dort steckte er sich mit einem Keim an, was zu derart gravierenden Folgeschäden führte, dass er seine Tätigkeit bei der Drogenberatung nicht mehr aus-üben konnte. Inzwischen war er schon froh, wenn es ihm gelang, mit seinem Mops namens Scharik vor die Tür zu gehen. Immerhin, sagte er, habe der Sturz seine Ehe gerettet, er müsse dem Pflasterstein dankbar sein.

Den nächsten Abschiedsbesuch machte Nastja bei ihrem Neffen Maxim und seiner Frau Tamara, die weiterhin an der Musikschule in Pankow unterrichtete. Maxim hatte sich mit seinen Landsleuten in der Kab-balaschule zerstritten und seine jüdischen Studien auf-gegeben, seine Tochter war inzwischen in London und studierte Jura. Er war jetzt den ganzen Tag allein, hatte den Bezug zur östlichen Welt verloren und den zur westlichen nie gefunden. Wie ein Taubstummer lebte er in Deutschland, führte, grau und etwas zittrig geworden, den klein gewordenen Haushalt, spielte Schach mit dem Computer und las russische Romane, unverändert innig geliebt und umsorgt von seiner Frau.

Zuletzt verabschiedete Nastja sich von ihrer Schwester Tanja, die mittlerweile in einem jüdischen Altenheim wohnte und sich selbst und ihr Leben vergessen hatte. Sie wusste nichts mehr davon, dass sie einmal in der Ukraine gelebt hatte, aus der man sie als Sechzehnjährige nach Deutschland gebracht hatte, zum Granatendrehen in Hitlers Kriegsschmiede. Sie wusste nicht mehr, dass sie sich wieder in diesem Land befand und wohl hier sterben würde. Sie wusste auch nichts mehr von ihrer Schwester Nastja, die gekommen war, um ihr adieu zu sagen, wahrscheinlich für immer. Sie lebte jetzt an einem Ort, an dem die Fremde nirgends anfing und nirgends aufhörte.

Schließlich bestellte Nastja einen ukrainischen Kleintransporter, der sie zusammen mit ihren Habseligkeiten nach Kiew bringen sollte. Während wir ihren Ikea-Schrank auseinanderbauten, zog in mir ein Verdacht herauf, den ich nicht zu Ende zu denken wagte. Ein Blick ins Internet bestätigte diesen Verdacht. Als Deutsche durfte Nastja gar nicht mehr in der Ukraine leben. Sie brauchte, wie jeder andere Deutsche auch, ein Einreisevisum und durfte sich nicht länger als drei Monate am Stück im Land aufhalten.

Zur Erlangung der deutschen Staatsbürgerschaft hatte Nastja der deutschen Einbürgerungsbehörde eine Urkunde vorlegen müssen, die ihr die Entlassung aus der ukrainischen Staatsbürgerschaft bescheinigte. Um diese Urkunde hatte sie länger als ein halbes Jahr gekämpft – es stellte sich heraus, dass es viel schwieriger war, sich aus der Ukraine auszubürgern, als in Deutschland einzubürgern. Schließlich, da ein Ende der Schikanen nicht abzusehen war, hatte Nastja sich geschlagen gegeben und bezahlte zornig tausend Euro Schmiergeld, um sich von dieser «Bananenrepublik», wie sie sich ausdrückte, freizukaufen und der deutschen Behörde das verlangte Papier vorlegen zu können. Man hatte sie vor allen nur denkbaren Folgen ihres geplanten Schrittes gewarnt, aber man hatte sie nicht darauf hingewiesen, dass sie mit dem Verlust der ukrainischen Staatsbürgerschaft auch alle Rechte in der Ukraine verlor. Sie hätte es wissen müssen, es lag auf der Hand, aber sie hatte nicht daran gedacht.

Was sollte sie jetzt tun? Den Kleintransporter wieder abbestellen und in Deutschland bleiben? Die deutsche Staatsbürgerschaft wieder abgeben und sich um die Wiederaufnahme in der «Bananenrepublik» bewerben? Am Ende, so schien es, waren wir wieder am Anfang der Geschichte, nur spiegelverkehrt. Aus einer Ukrainerin ohne Bleiberecht in Deutschland war eine Deutsche ohne Bleiberecht in der Ukraine geworden. Ließ sich das Problem vielleicht auch diesmal durch eine Heirat lösen? Einen ukrainischen Mann brauchte Nastja nicht zu suchen, sie musste nur mit Roman ein zweites Mal zum Standesamt gehen. Aber ein weiterer Blick ins Internet sagte uns, dass die Sache einen Pferdefuß hatte.

Durch eine erneute Heirat würde sie ihre deutsche Witwenrente verlieren und damit ihre Lebensgrundlage in der Ukraine.

Sie rauchte etwa fünfzig Zigaretten hintereinander auf meinem Balkon, dann entschied sie. Sie wollte ein Touristenvisum beantragen und abfahren, wie es beschlossen war. Sie konnte sich nicht vorstellen, dass man sie, die Ukrainerin, aus der Ukraine rauswerfen würde. Außerdem waren drei Monate eine lange Zeit, irgendetwas würde ihr schon einfallen. Vorübergehend, meinte sie, könnte sie sich ja in der Datscha verstecken. Und wenn sie in Deutschland illegal gelebt hatte, dann könnte sie das in der Ukraine erst recht.

Das Touristenvisum erhielt sie innerhalb von zehn Tagen, dann kam der bestellte Ukrainer mit seinem Kleintransporter und half uns, ihre Sachen hinunterzutragen: die Ikea-Möbel, mit denen sie in Kiew das Wohnzimmer einrichten wollte, ihren bunten Webteppich, das Poster mit dem Seerosenteich von Monet, ein abstraktes Acrylfarbenbild, Geschenk einer deutschen Malerin, deren Wohnung Nastja geputzt hatte, die russischen Bücher, die sie in Deutschland hatte auftreiben können, ihre wenigen Kleider und Schuhe, die Sachen, die sie für Slawa, Roman und ihre Freunde eingekauft hatte. Ihre gesamten Ersparnisse, über fünftausend Euro, die sie von der Bank abgehoben hatte, trug sie am Körper, eingenäht irgendwo zwischen Unterhemd und Pullover. Ihr deutscher Pass und das Touristenvisum steckten in einem Seitenfach des Rucksacks. Die für Kiew gekaufte Waschmaschine hatte der Ukrainer direkt aus dem

Laden abgeholt, sie stand bereits unten im Wagen. Der Mann, der an den russischen Gebrauchtwagenhändler Artjom erinnerte, lächelte breit und zeigte seine glänzenden Stahlzähne aus der guten alten Sowjetzeit. Am Grenzübergang Krakowez könnte es ein paar Stündchen dauern, sagte er, sie würden in letzter Zeit wieder scharf kontrollieren.

Nastja und ich umarmten uns. Wir glaubten immer noch nicht so recht, dass es jetzt ernst wurde. Alles hatte mit den Tränen angefangen, die sie nicht zurückhalten konnte, als ich einst, vor vielen Jahren, da sie noch meine Putzfrau gewesen war und für Deutschland keine Aufenthaltserlaubnis gehabt hatte, die Schallplatte mit der ukrainischen Musik auflegte, um ihr eine Freude zu machen. Jetzt, während sie in ihren neuen Jeans, die sie sich zum Abschied von Deutschland geleistet hatte, auf den Beifahrersitz des Kleintransporters kletterte, mit ihrem Rucksack in der freien Hand, sah ich sie zum zweiten Mal weinen.

Originalausgabe
Veröffentlicht im Rowohlt Verlag, Hamburg,
September 2021
Copyright © 2021 by Rowohlt Verlag GmbH, Hamburg
Satz aus der Stempel Garamond
bei Pinkuin Satz und Datentechnik, Berlin
Druck und Bindung CPI books GmbH, Leck, Germany
ISBN 978-3-498-00260-2

Die Rowohlt Verlage haben sich zu einer
nachhaltigen Buchproduktion verpflichtet.
Gemeinsam mit unseren Partnern und
Lieferanten setzen wir uns für eine klimaneutrale
Buchproduktion ein, die den Erwerb von Klimazertifikaten
zur Kompensation des CO_2-Ausstoßes einschließt.
www.klimaneutralerverlag.de